AF439539

El Testimonio

KEPA URIBERRI

Índice

La enfermedad el escritor

El testimonio que se me ha pedido no puede ser reflejo de la verdad completa que se pretende dilucidar, si no se establece antecedentes, quizás demasiado antiguos, pero que son causa del resultado que en este proceso se pretende alcanzar. Así, entonces, lo que sigue es la verdad que conocí y puedo revelar:

No recuerdo de él, nada. Sólo conservo el falso seudónimo que utilizó tanto, para participar en esos certámenes y concursos que nunca se ganan. Siendo éste, un nombre cualquiera, fue en todo caso, demasiado característico, así es que, no siendo importante, lo llamaré, en vez: Rubirosa, que es un nombre por demás común, y no demasiado frecuente, lo que lo reflejará bien. Rubirosa, como tantos otros, escribía. Escribía cosas cotidianas, ya que no era en modo alguno universal, sino todo lo contrario: un tipo cualquiera. La verdad es que, como ya dije, es tan poco lo que recuerdo de él, que no sé donde lo conocí, ni de donde era. Pero, en todo caso, Rubirosa pudo ser de cualquier parte, tal vez de Roma, o de París, lo mismo que de Sonora o Jujuy, o quizás de Ilo, o Guayaquil, Madrid, Temuco, la Manchuria, Coyhaique o incluso Samarkanda. Cualquier lugar le habría venido bien, siempre que hubiera un barrio, una tienda, una librería, un puente, algunos vecinos que no tenían necesidad de ser cultos o ricos, ya que Rubirosa se sentía igual de cómodo con el pordiosero que suplicaba a gritos, a la salida de la estación Salvador del Metro: "¡¿Quien me lleva pa Bilbao?!", y era capaz de pagarle un taxi, y llevarlo a la calle Bilbao, en la esquina con Condell, y conversar de temas profundos que incluirían a Sartre, y Cioran, o la derrota de Boca, o algo tan frívolo como el matrimonio del príncipe con su eterna amante. Le bastaban estas pequeñas cosas, y el canto tardío de los zorzales en el ocaso, y en el amanecer bohemio, a Rubirosa, para sentirse satisfecho.

Recuerdo aquella tertulia, en que alguien, no guardo memoria de quien, pero sí sé que alguno de esos que requieren ser bohemios, requieren de la universalidad, del patriarcado, de las libertades de uno u otro lado, del saber eterno, del mejor mérito, ese que vale, y no aquel que hace currículo, sino el que lleva voz cantante; uno de esos, en esa tertulia, después de beber copioso whisky, bastante ron blanco con gotas de limón amargo, y azúcar en el borde del vaso, o ron dorado con gaseosa le preguntó: "... Pero dime tú, Rubirosa: ¿Tú por qué escribes?". Rubirosa, que no bebía Ron, ni whisky, ni pisco, tampoco tequila, o coñac, ni jerez, sino solo vino tinto, y prefería el syrah, por ser más seco, y como decía él: "Más cercano a la tierra y a la prosa"; se quedó mirando con intensidad la superficie quieta de su copa, y jugó a barrer miguitas de pan con el meñique. Luego clavó una con la yema del mismo dedo, y la masticó entre los incisivos, hasta el cansancio; entonces miró sereno al que preguntaba y dijo: "Sería preferible dejarlo así". Un silencio profundo había caído sobre la mesa de la tertulia, y sobre el castaño, algo más allá, un zorzal festejó con tres notas dulces. "Pero dime, Rubirosa" insistió el otro, "¿Tú: Para qué escribes?". No estoy bien seguro, y temo equivocarme, sin embargo me parece que Maladroit estaba ese día en la tertulia, y aun si no era él, cualquiera a quien hoy mi gastada memoria confunde con Maladroit, se cubrió la vista con una mano, y movió, ostensiblemente la cabeza, de uno a otro lado, en un gesto de clara desaprobación. Rubirosa, siempre con la vista fija en la superficie de su vino tinto syrah, acercó su dedo cordial hasta humedecer la yema en el licor, y dibujó, en torno a la miga de pan, con que su meñique había jugado, un círculo tenue e imperfecto. Luego, levantando su mirada serena hasta quien le interrogaba, dijo: "Sería preferible dejarlo como está". "Es que, Rubirosa" insistió el otro, haciendo omiso caso de la excesiva paciencia del interrogado, "quisiera saber: ¿Para quien escribes tú?". Maladroit, o tal vez Botero, si por acaso era Botero quien también nos acompañaba en esa ocasión, o tal vez Czsakosztakowicz, a quien por abreviar decíamos el "Cosaco", intentó distender la situación, y llamó al mozo: "¡Ea... Garabito!: Sírvenos otra ronda, toda de lo mismo, y me la cobras a mi". De inmediato estalló la algarabía en la mesa de la tertulia, y todos a una, levantaron la voz, y comenzaron a hablar de otras cosas. Rubirosa, que en caso alguno era un cobarde, ni quien escapara con malas artes de los desafíos, sino todo lo contrario, era un hombre íntegro, que enfrentaba la vida en lo que ésta le deparaba, continuó mirando la superficie quieta de su syrah, mientras con ambos índices jugaba lentamente con el pie de la copa. Cuando la algarabía hubo cesado, Rubirosa levantó la vista hasta su interrogador, a quien miró sereno, mientras bebía un largo sorbo de su vino tinto. Sin quitar la vista de la suya, dejó la copa sobre la mesa, y por tercera vez dijo: "Habría que dejarlo, preferiblemente así...", pero esta vez no le quitó la vista de encima al interrogador, y agregó: "... Pero siendo que insistes, sin pudor ninguno, me veré obligado a responderte ordenadamente". Luego apuró el resto de su copa, y comenzó a relatar lo que, si mi ya tenue memoria no me falla, referiré aquí, como la historia de Rubirosa.

Quienes lo hayan conocido, y en especial, quienes hayan compartido esa tertulia con él; sobre todo aquellos que estuvieron aquel día que el zorzal, después de dar sus tres últimas notas dulces en el castaño, que sombreaba nuestra mesa, cayó muerto junto a la copa de syrah de Rubirosa, serán testigos de que no miento en nada, y que sólo puedo equivocar alguna circunstancia pues la memoria ya es frágil. ¡Nada más!.

Toda la gente de su familia, y casi diría toda la gente de aquel entonces, nació hasta el año mil novecientos cuarenta y siete. Sus contemporáneos, y la gente de su generación, entonces, incluso sus compañeros de juegos, y de correrías, habían nacido el año mil novecientos cuarenta y siete, salvo algunos que lo habían hecho el cuarenta y seis o excepcionalmente antes. Las consecuencias de la guerra hicieron que la gente prefiriera no tener hijos, hasta pasado mil novecientos cincuenta y cuatro, cuando ya la guerra era nada más una anécdota de sobremesa. No obstante ésto, el padre de Rubirosa que, como después Rubirosa mismo, era un hombre de sangre mucho más caliente, no pudo sostener el compromiso tácito, y preñó a destiempo a su mujer, con lo que este hijo tardío fue el único que nació en el año sagrado de mil novecientos cuarenta y ocho, por lo que siempre fue excéntrico y diferente. Los hermanos de Rubirosa se dividían entre los que habían nacido antes que él mismo, que eran siete, y los que habían nacido desde mil novecientos cincuenta y cinco en adelante, que fueron veintinueve. Rubirosa siempre sintió que su familia se estructuraba así, lo mismo que el mundo todo: Los grandes, o mayores, que habían nacido hasta el cuarenta y siete. Los niños, que habían nacido desde el cincuenta y cinco, y Rubirosa. Este hecho lo marcó, y lo hizo un ser silencioso, reconcentrado, pensador, tercerista, y radical. Nunca estuvo de acuerdo con nadie, pues siempre veía las cosas desde mil novecientos cuarenta y ocho, mientras los demás las analizaban cómodamente desde mil novecientos treinta y nueve, o desde el cuarenta y tres, incluso desde el mil novecientos catorce, y cualquier otra posición que se sabía compartida por muchos. En cambio Rubirosa siempre estaba solo, y tenía una mirada única, de mil novecientos cuarenta y ocho. Cuando los del cincuenta y cinco, en adelante, ya tuvieron edad de merecer, todos creyeron que Rubirosa cambiaría, pues habría gente más joven, que podría ser influenciada por él, y esto haría que dejara de ser un solitario. No fue así.

Rubirosa siempre tenía opiniones diferentes, novedosas, inteligentes, e incluso sorpresivas, pero sus ideas nunca llegaban a convencer a nadie, pues la influencia de los demás, todos muy distintos y anteriores a Rubirosa, eran vistos como si tuvieran una mayor y mejor experiencia. Y después, con el tiempo, todos los jóvenes, posteriores a Rubirosa, tenían opiniones renovadas, e ideas frescas, que eran en todo caso, mucho mejor recibidas que las de Rubirosa, que eran de suyo antiguas, aunque nunca tanto como para contar con ese intenso barniz de experiencia que tenían los mayores, que superaban en edad, todos ellos, a Rubirosa mismo. Así fue como su soledad y unicidad se acendró profundamente.

Rubirosa pudo ser un gran conversador, pero siendo el único de su clase, sólo resultó ser un gran contradictor, un intenso polemista, que sólo sostenía conversaciones sosegadas consigo mismo, y sólo en los momentos quietos o de recogimiento, pues en los otros estaba siempre reflexionando profundamente, o adquiriendo experiencias que resolvía de un modo diferente y particular. Así fue que un día Rubirosa notó, que por las mañanas, cuando se sentaba al retrete, como hacen todos los que han nacido en mil novecientos cuarenta y ocho, comenzaba a relatarse a sí mismo fantásticas historias que tejía con las fantasías que nacían de su experiencia cotidiana, o de los sueños de la noche anterior, o de sus aspiraciones que jamás confesaba, pudorosamente, a nadie, o de todos estos componentes unidos. Por ejemplo, se sentaba en el retrete, y recordaba que tenía dificultades para pagar el arriendo del departamento. Recordaba, entonces, que había comprado un boleto de lotería, que se había tirado la noche anterior, del que no sabía los resultados, entonces se decía: "¡Bueno!... Supongamos que este huevón se ganaba la lotería, con lo cual, su mujer, que era aficionada a la vida buena, al bien comer, y al exquisito ocio, lo obligaba a dilapidar esa pequeña fortuna con su familia de ella, en viajes, fiestas, lujos inútiles y todo aquello que hace escurrir el dinero más rápido que el agua. Estaba entonces sentado, en este retrete asqueroso, y justo pequeño, de modo que la punta íntima le toca en el borde de la loza donde todo el mundo gotea sus últimos orines, cuando oye que le golpean la puerta con fuerza. ¿Quién es? pregunta. ¡Don Jacinto! responde el de fuera, vengo a cobrar el arriendo dice". Así seguía su propio relato, hasta que terminada su faena, se secaba las manos, colgaba la toalla, y salía de la pieza de baño, consciente que si bien sus historias eran fantásticas, nunca eran favorables a sí mismo, sino todo lo contrario. En aquel tiempo, las historias morían en el retrete, o en la ducha, o en el mejor de los casos, en la tibieza de una almohada insomne.

Cualquier día, al sentarse en el retrete, y sentir la loza fría en su punta íntima, quiso continuar la historia no concluida en la sesión del día anterior, recordada sólo por este prosaico evento. Había olvidado, sin embargo, todo el detalle de la historia. Entonces decidió reconstruirla, y escribirla. Desde ese día, entra al retrete con papel de escribir, y lápiz.

Al llegar a este punto de su relato, Rubirosa invitó a Garabito a rellenar su copa. Hecho ésto, aspiró el aroma del syrah, profundamente, y mientras giraba la copa, miró con serenidad a su interrogador, penetrando en sus ojos hasta lo profundo dc su insolcncia, y dijo: "Por eso escribo: Por no olvidar mis ficciones. Ellas encierran la esencia de toda mi sabiduría. Si no fabulara, no tendría sueños". Luego bebió lentamente, y continuó su relato.

Desde ese día, ha llegado a escribir más de cuatrocientos noventa tomos de siete cuadernos de setenta páginas cada uno, sin desechar nada de lo escrito, ni publicar de ello, ninguna cosa. Todas las mañanas escribe una nueva ficción, y todas las noches lee al menos una de las que ha escrito anteriormente. Cuando necesita, puede llegar a leer hasta ciento cuarenta y cuatro de ellas en una sola noche, y recordar ideas olvidadas, reflexiones mudas, amores pasados, o revoluciones ficticias, en las que nadie creyó. Ha tejido de este modo, la explicación del universo, una teoría racional sobre el panteísmo, ha destruido el pensamiento del antiguo hereje Mendíqueas, ha reconstruido los preceptos de los iconodulos, y ha escrito, al azar varias obras dramáticas que luego han sido atribuidas a oscuros demiurgos, que con ellas han saltado a la fama. Al suceder estos eventos maravillosos, siente correr ciertos fluidos inmateriales por los conductos interiores de su organismo, que le hacen sentir la plenitud de la vida. Entonces corre por los parques dando pequeños saltos, y aplaudiendo brevemente, como un loco. Luego da pequeños grititos guturales que por supuesto nadie que no haya nacido en mil novecientos cuarenta y ocho podría llegar a comprender jamás. También a veces siente que le tiritan los hombros, y ésto le produce un cierto placer sensual exquisito, entre caricias y fríos. Todo ello le produce placeres escondidos muy superiores a la mera alegría, que él, irresponsablemente, califica de instantes de felicidad, aun cuando algún idiota lo calificó de, tal vez, mera epifanía.

El relato de Rubirosa había tomado una fuerza insospechada, al punto que todos, no sólo en nuestra mesa, sino también en las de la vecindad, se había congregado gran número de artistas, y actores que pasaban a los canales de televisión, para sus frívolas actuaciones, y no habían sido capaces de continuar su viaje, y se habían quedado a escuchar. En las mesas más alejadas, algunas hasta más de una o dos cuadras, había repitentes, que escuchaban a otros repitentes más cercanos, que a su vez escuchaban a repitentes más cercanos, y así sucesivamente, y que iban relatando con cierto defase el relato de Rubirosa de modo que todos pudieran seguirlo hasta en sus más finos detalles. El castaño junto a nuestra mesa, se había llenado de zorzales que cantaban sus tres dulces notas, y luego morían en las manos del relator, que los acariciaba con ternura, y se los regalaba a las mujeres embalsamadoras, que ya lo rodeaban. En los castaños más alejados, había zorzales que esperaban su turno de acercarse, para morir en las manos de Rubirosa. En los castaños más lejanos, más allá de una cuadra o dos, otros pajarillos que no eran de mil novecientos cuarenta y ocho, esperaban con paciencia, a que murieran todos los zorzales, para tener su oportunidad. Entonces Rubirosa, con los ojos llenos de ensueños, y plenos de serenidad, miró a lo lejos, y como si todos fueran a comprender su sabiduría, dijo: "Para eso escribo. Para alcanzar esos momentos felices. Cuando llego a ellos, pienso que se puede dejar de ser un solitario, y que muchos pueden llegar a compartir esta sabiduría que me mata de excesos día a día. Que todos estos que están aquí harán suyas estas, mis ficciones, y serán felices conmigo. Tal vez entonces, siempre sea mil novecientos cuarenta y ocho".

Un silencio casi sagrado, se había apoderado de ese barrio perdido, más allá de todos los océanos, allende las más altas cordilleras, en la esquina última de los mundos personales, en algún país tan fino que casi no se le puede ver, y permanece clavado a los mapas finales como un estilete, en esa ciudad acrecida de todos los pequeños pueblos que la rodeaban, detrás de todas las calles, al atravesar el último de los ríos, ahí en esa mesa con mantel de hule, bajo un castaño antiguo, sentado en sillas de dura madera de pino y paja brava, Rubirosa había, finalmente, roto el encanto de mil novecientos cuarenta y ocho, y era al fin, escuchado por los demás, y valorizado como único y sabio. Así fue que terminó su última copa de syrah, "hasta más verte" como dijo mirando el fondo de la misma, y poniéndose de pie se retiró de ahí, dejando a todos maravillados. Entonces el interrogador lo tomó del brazo, atajándolo, y con voz de triunfo le dijo: "Rubirosa: Aun no has respondido la última pregunta. La más importante", su mirada era desafiante. Insistió: "Rubirosa, di: ¿Tú, para quién escribes?". Rubirosa sólo lo abrazó, y luego mirando la íntima rabia escondida en el fondo de los ojos de ese hombre, que no lo comprendería nunca, le dijo: "¿Aun no lo entiendes?. Sólo escribo para mi. De ese modo serán muchos quienes quieran leerme, aun cuando no digan nada". Y se alejó de ahí.

A partir de ese día hubo muchos y muchos que querían leer a Rubirosa, entonces el acudió a los editores, a las imprentas, a revistas y diarios, a los críticos, a los famosos, a los centros de cultura y a los gobiernos, a los promotores de valores jóvenes y antiguos, participó en premios y certámenes, en concursos y postulaciones, buscó becas y pasantías, pero nadie tenía interés ninguno en cómo las cosas se veían desde mil novecientos cuarenta y ocho pues existía el concepto tácito que aquel año no existía o al menos estaba vacío, por completo, de importancia para la humanidad o de las soluciones de posguerra, o de la modernidad o de su postmodernidad correspondiente y más. Fue así que si mis recuerdos no fallan, Rubirosa se acercó a la Librería del Puente, y ofreció a Don Manolo sus manuscritos completos, para que este los diera a la venta ya fuera directamente o en forma de copias al carboncillo, o cualquier método que decidiera. Sólo le interesaba mostrar a quien fuera, como una reivindicación de mil novecientos cuarenta y ocho, su punto de vista para evitar por siempre ser interrogado nuevamente en forma tan malévola.

La Librería del Puente

Recuerdo bien esa librería de barrio, sobre ese puente en el canal de regadío. Era una cosa curiosa: Esa pequeña avenida, herencia de un camino rural de nombre Camino de Encomenderos, por su función colonial tan antigua, había apenas mutado su nombre, al llegar la ciudad, de camino a Avenida Encomenderos y su suelo de tierra polvosa a adoquines recortados de la piedra viva. El camino, ahora avenida, quedaba separado de la comarca, ahora ciudad, por el canal San Carlos, un torrentoso y profundo cauce de aguas oscuras, de regadío. El puente de palo había sido reemplazado por una media cuadra de avenida sobre el canal, que simulaba que aquel quiebre no existía. Para ello el puente sobre el agua era tan ancho que daba espacio a la casa de algún vecino en una vereda y a la librería de don Manolo al otro. Don Manolo Galleguillos compartía en su negocio los libros con juguetes de baquelita y madera para niños pero él, viejo, mañoso, pequeño, español y jorobado, lo mismo que su señora, lo que amaba eran los libros. Y no cualquier libro. Don Manolo, con su boina y su cara de furias inclinado sobre el mostrador de la tienda, en jorobado reposo, leía libros de buena literatura y si aprobaba lo que leía, lo ponía a la venta y si no, así fuera súper ventas, jamás tendría el honor de un anaquel en su negocio. Por eso su tienda siempre parecía, además de equilibrada sobre un canal de regadío, equilibrada en el hilo de la quiebra. Sin embargo se mantuvo firme hasta que por el centro mismo de su negocio se construyó la actual avenida Once de Septiembre señalando el progreso que curiosamente también mató en este país el interés en la literatura.

Aquí, en un pupitre escolar junto a la vitrina en que colgaban empolvados trompos de madera, obras empastadas en cuero surcado de letras doradas, de autores clásicos y más cachivaches de palo y baquelita sobre las ediciones rústicas de grandes autores modernos y contemporáneos; solía sentarse Rubirosa a dedicar y firmar los libros que el mismo se autoeditaba e imprimía sobre el rumor del canal, en sociedad con don Manolo en la trastienda. La Chabela, mujer pequeña y gordita como muñeco de goma, esposa de don Manolo, cosía y empastaba los libros que entre ambos producían.

Por aquel entonces Rubirosa era un desconocido, salvo para los vecinos de aquel barrio. Recuerdo que los niños solían concurrir a las vitrinas de la librería de Don Manolo a añorar los juguetes escasos que ahí se exhibían. Eran otras épocas en que un émulo "Shyf" de baquelita de un Ford del año treinta y siete hacía soñar con futuras navidades a esos mocosos. Lo mismo, también, una ardilla o un cisne de ebonita transparente de color ámbar. Rubirosa ponía, como anzuelo, en un rincón del pupitre uno de esos autitos, o un elefantito azul transparente, mientras revisaba sus propios libros a la espera de los vecinos, que de vez en cuando, tal vez más por amistad que otra cosa, compraban alguna de sus obras y la llevaban firmada y dedicada personalmente. ¿Cuánto costará hoy por hoy uno de esos tomos rústicos de papel amarillo tres veces reciclado?. A veces, algún niño o niña se acercaba atraído por el elefante azul o por el Fordcito. Entonces Rubirosa lo sentaba en sus rodillas y jugaba con el autito o el animalito mientras le enseñaba las letras que la figura de baquelita iba pisando, entonces se acercaban otros niños y niñas interesadas en el juego de Rubirosa. El los acariciaba y los iba sentando por turnos en sus rodillas y le enseñaba a leer las historias. A veces lo veía agitarse. Sólo a veces. Entonces venía la Chabela con su aspecto de muñeco de goma, con una escoba y correteaba a los niños: "¡Ale! ¡ale! chiquitos" decía con su voz chillona y sus ojos claros arrugados. "¡Que el señor Rubirosa está ocupado!. ¡Vamos! ¡vamos! de prisita". Me parece oír su aguda voz española y ver la vergüenza sorprendida de Rubirosa. "Sólo son niños" decía éste, "sólo niños". "¡Nada!" respondía doña Chabela, "y usted a enfriarse. ¡Hala!" y daba unos escobazos al pupitre. Rubirosa se paraba, corrido, hacia un rincón de las vitrinas y parecía mirar, avergonzado, con las manos en los bolsillos, alguna cosa indefinida tras la vidriera. Después de un rato se iba caminando, y cuando yo estaba por ahí me invitaba, al bar de Don Misael donde invariablemente se iniciaba una tertulia sobre la vida de los borrachitos del lugar que se iban allegando a nuestra mesa. Cada uno contaba sus éxitos pretéritos y sus actuales fracasos permanentes. Tal vez ahí se fraguó la historia del maestro Masaya que limpiaba los desgrasadores de las casas para tomar. Su tono culto y su infinita cultura tras la voz siempre arrebatada por una lengua de trapo impactaba a Rubirosa que después en privado iba reconstruyendo, de retazos, la vida de este pobre aristócrata venido a menos.

No obstante que todos los personajes que encontrábamos en esos lugares eran pobres, o desposeídos, y los amigos que escogía Rubirosa eran siempre miserables aunque sus orígenes fueran deslumbrantes, él los plasmaba luego en sus relatos y reflexiones como seres luminosos y de fantástica magia. Como el turco Zamuth, que llegaba con su maleta de hilos y artículos de mercería, que se sentaba a beber un vino blanco con nosotros, pero sólo cuando no había otros parroquianos en nuestra mesa pues los encontraba a todos "¡Mala bersona! ¡Mala bersona!" y si uno insistía, sólo abría y cerraba rápidamente su gastada maleta de cuero, dejando barruntar el contenido lleno de colores y brillos metálicos de dedales y agujas y repetía: "¡Mala bersona!, ¡beligroso! roba merjadería mala jostumbre, ¡mucho beligro!" y se sentaba en la barra a beber con don Misael.

Cada tanto la cuenta de la libreta de Rubirosa con don Misael se llenaba irremediablemente. Cuantas veces traté de pagar esa deuda, pero era imposible. "¡Jamás!" decía y me aferraba con sus manos recias de dedos gruesos, cuya última falange estaba irremisiblemente doblada y anquilosada debido a la máquina de escribir Underwood; la mía más feble, como con una tenaza de hierro para impedirme acceder a mi billetera. "Haremos lo siguiente, en todo caso" decía. "Me voy de ventas al centro, y nos encontramos a las seis en la Seminario". Llenaba entonces una maleta de cartón con libros suyos, y se iba recorriendo librerías en el centro, regresando, según visitaba y dejaba algún libro en alguna de ellas, a pie hasta la librería Seminario, en la Avenida Providencia. Ahí también le instalaban un pupitre escolar, donde se sentaba a vender directamente a los parroquianos sus libros firmados. La librería misma no compraba ni ganaba nada.

En cierta ocasión lo encontré ahí, discutiendo con Rommel Miranda, que había comprado varios de sus libros "sólo por coleccionarlos" aseguraba. "Es que nunca leo novelas. Es inútil hacerse cargo de los mundos inventados por los novelistas. No hay realidad, no hay problemas reales, no hay reflexión profunda sobre problemas de la sociedad actual. ¿Entonces para qué?" argumentaba con su voz tímida pero certera y los gestos de sus manos pálidas y casi femeninas, sobre las que insistían en abalanzarse los puños muy raídos de una camisa evidentemente heredada de alguien. Rubirosa, con las suyas enormes lo remecía con cariño y le regalaba algún tomo. Rommel llegó luego a ser uno de nuestros más entrañables e inteligentes amigos, aunque en las tertulias rara vez hablaba pues lo atormentaban los ticks nerviosos.

"Ya conocí a los clásicos antiguos y modernos y sólo conocí inventos, mientras mi mesita de noche se llena de filosofía pendiente, historia y antropología que no consigo leer completos. Es el conocimiento que me agobia. ¡Me agobia!" decía y parecía que en efecto lo atacara en ese mismo instante pues tensaba el pescuezo flaco y giraba la cabeza, golpeándose con la barbilla el hombro izquierdo, mientras emitía ruiditos guturales "¡guok! ¡guok!" y seguía argumentando: "Entonces a que perder, amigo Rubirosa, el tiempo en ficciones. ¡guok! ¡erk! ¿Me comprende?. No sólo es su prosa, que encuentro encantadora para otros, la que me privo heréticamente de leer. Es toda esa bella ficción de mundos desconocidos e inexistentes" y terminaba con unos gemiditos: "¡Ñeek! ¡ñeek!" luego de soplarse los pulgares. "¡No sabes cuanto te estimo!" respondía Rubirosa, mirándolo profundo a los ojos, con los suyos muy arrugados por la ternura, mientras lo estremecía con sus manos enormes. A veces le apretaba la cabeza con su brazo poderoso, contra su pecho y le daba golpes en la nuca con el borde cerrado del puño: "¡Me motiva la gente inteligenteé!" decía cargando mucho la acentuación falsa de le "e" final. Después lo soltaba, y volviendo a mirar lo profundo de su alma, al menos eso parecía, comenzaba su argumentación pontifical y monológica:

"La ficción... la ficción... ¿Qué es ficción y que no?. ¿Cómo tú puedes saber si yo sólo relato verdades; o ficciones tan posibles que a alguien han de haber sucedido o indefectiblemente sucederán?. Pero, si nunca llegan a ser verdad, o ya perdieron su oportunidad de serlo en nuestro entendimiento de este lado de la realidad, tal vez lo sean en otra dimensión posterior o anterior en el tiempo. Incluso si ni siquiera ahí se les ha dado a estas ficciones la posibilidad de ser verdades y realidades, ¿no crees que pueden ser elaboradas por un pensamiento especulativo cuyo fin es iluminar el camino al filósofo, al historiador o al ávido conocedor agobiado?. Imagina, mi muy estimado Rommel, que yo percibo que la solución del hombre está en acoger su destino sin rebeldía, o que la revolución no es más que una media vuelta más otra que sólo ventila los ejes de la historia dejando todo irremisiblemente igual en su esencia, mientras el centro mismo de la realidad permanece igual u otra verdad universal nunca imaginada que te llenará de tensiones. Haz de cuenta que yo te entrego esa verdad ruda y sin pulir. Considera además que no soy nadie, aunque mi nombre estuviera destinado a entreverarse con los grandes. Entonces tú, hombre sabio y preponderante, oído y pensante, consultado de los que saben por tu sabiduría, ignorarías lo que yo te dijera. Y todos los grandes Rommel y los admirados Mirandas ignorarán la verdad de este pobre pobre Rubirosa, quedando inadvertida o perdiéndose para siempre sin una oportunidad de luchar por su valor verdadero. Piensa que las verdades no se hacen verdad sino muy de a poco. Considera qué tan árida es, además, la verdad. Es tanto que de seguro nadie la acariciaría si aún no ha tomado su valor de verdad más de una sola vez, antes de abandonarla irremisiblemente. ¿Qué hacer entonces con esa postulante a la verdad para que tome su lugar verdadero?. ¿Como repetirla incesante sin dejar de estrellar su eco en todas las conciencias?. ¿Cómo hacerla pasar por ellas de manera, al menos, muy lenta para que tenga su oportunidad de adherirse en el conocimiento de quienes de otro modo incluso harán un esfuerzo por rechazarla?. Se la disfraza Rommel, se la disfraza" y lo estremecía con sus peludas manos enormes. "Se le adorna, se le da vida como en la vida, se fabrica un modelo de laboratorio como lo hace el alquimista o el antiguo médico y se le exhibe atrapada en papel amarillo y tinta negra fruto del trabajo de horas y horas para plasmar páginas y páginas con amor de padre, con ternura de madre y se la enseña a seducir o se la mete dentro de un artefacto seductor, y se la esconde para que entre a la mente como el fármaco sanador del médico, que va escondido en píldoras hermosas, de bellos colores y formas sensuales. Así un pensamiento bueno va vestido de mejores colores: Bien vestido, bien recibido. No se escribe por delirar Rommel. No es eso. Hay tal vez más filosofía, más vida, más conocimiento en una novela que se escribe como reflexión que en un tratado sobre el origen del lenguaje por ejemplo. Alguien te dice que el lenguaje no es algo que el hombre encuentra en su camino y se sorprende que ahí este su universo replicado, sino algo que arrastra desde su animalidad y tú lo crees o rechazas por el respeto a quien lo dice. Para eso escribo, amigo, para meter en la ficción lo que pienso del nacimiento de la idea transmitida y de la posesión de la idea, o de la miseria humana que busca reivindicación, y una vez lograda busca poder. Para todo eso escribo estos libros rústicos, para decir éstas sencillas cosas en cien páginas y que el lector piense que alucino y crea que las ideas que ahí regalo le son propias, le pertenecen, pues las recibe pequeñas y las cría de a poco al transcurrir las páginas recicladas, los símbolos en amarillo y negro: Un delirio".

A veces lo veía construir, en su porte imponente, en sus manos gruesas, en su sonrisa sólida en sus cejas pobladas, en sus ojos casi invisibles, un pontífice como aquel, que emanaba tal respeto en el decir que podía producir el dolor de la enseñanza en el otro. Entonces a veces creía que era odioso. Parecía pensar que poseía todas las verdades y arrasaba con ellas avasallando a todo el mundo. Comenzaba sus discursos largos y precisos. Indiscutibles, intelectuales, cadenciosos. Habría hecho un buen actor. Sin embargo a veces la vida se la ganaba y no tenía control sobre sus pasiones y sus compulsiones. Entonces descubría uno al hombre verdadero, débil, admirable en su esfuerzo y despreciable en sus vicios. Recuerdo haberlo encontrado en aquella misma librería Seminario, donde muchas veces terminaba sus giras de ventas y partían nuestras parrandas al otro lado del río, en esos restoranes de segunda donde había vino pipeño y sánguches de pernil; cazando niños con sus juguetitos. Me parece estar viendo el día que conoció a Camille, cuando tenía apenas trece años y la sentó en sus rodillas y le leía largos capítulos de héroes pobres y abusos, susurrando en su oreja de niña inocente. Su voz recia, su cadencia mágica la embrujaba, le hablaba de la irrealidad como si fuera una promesa que trece años breves no pudieron nunca resistir. Fue cambiando la librería del puente, poco a poco, por la piel rosada de niña impúber, por los ojos tristes y azules, por la admiración de semidiós que recibía y la condenable pasión por una niña virgen.

Luego los años se fueron. Cuando Camille cumplió quince, ya muchas veces desflorada, Rubirosa se casó con la niña de sus rodillas. La democracia, como niña engañada fue rota y desvirgada, el progreso trazó una calle ancha sobre el puente, que llevó por nombre la fecha de la derrota y la victoria y que terminó de dividir tantos pensamientos para siempre. Tal vez en algún puente, en alguna ciudad casi rural esté el jorobado don Manolo y su Chabela vendiendo sólo libros de buena literatura, según su propio juicio.

Castro

De seguro fue por esa época, o algo después, que Rubirosa enjuició su comportamiento hasta el extremo del sentimiento de culpa. Recuerdo, en todo caso, que de tiempo en tiempo este suceso se repetía pues nunca pudo enmendar su conducta. "Moro viejo no es nunca buen cristiano" me decía con esa mirada sonriente y buena que parecía trocar cualquier culpa en comprensible debilidad. "Mi padre" relataba, "era un hombre débil de modos muy duros que ocultaban su falta de valía. Solía castigarme con dureza por pequeñas faltas como no poder subir a la encina del patio trasero, o huir de casa saltando el muro. Pero él mismo pasaba frente a la puerta de mi dormitorio cuando creía que todos dormían y atravesaba la puerta de la empleada doméstica. Una noche mi madre se dio cuenta y el la golpeó lo mismo que a mí".

Este episodio lo había leído antes en su novela "Castro".

Castro era un niño maltratado al que su madre jamás acarició. Siempre resentía del padre que lo castigaba por mínimas faltas. Si su madre lo defendía, también era castigada. Cuando Castro llega a la pubertad comienza a soñar reiteradamente con su madre. En esos sueños ella lo recibe acogedora y le ofrece sus pechos pequeños pero dulces que él recibe en una explosión erótica. Por entonces se da cuenta que su madre es Blanca Perla, la empleada del servicio doméstico. Su padre, tocado con un sombrero enorme, sentado en su sillón de cuero y madera le dice: "Nunca serás como tu padre. Jamás tendrás un sombrero así" señalándolo con ambos índices, de manera insistente. Ésto le produce una angustia enorme y un despertar doloroso, en medio de una erección reprimida y contenida. Así es como el odio por su padre aflora incontenible. Desea hacerle daño, pero siente que es más fuerte, entonces cae en ensoñaciones en las que lo enfrenta y lo golpea, arrojándolo sentado, con un puñetazo en el pecho, sobre el sillón en que aparece en sus sueños. Con el tiempo llega a creer que el hecho ha sucedido en efecto y así lo relata incluso a su madre y a Blanca Perla, que saben que no es verdad, pero callan.

Rubirosa jamás ha llegado a reconocer que este episodio es biográfico, y que él mismo encarna a Castro. Camille incluso insiste en que a ella hay ocasiones en que le llama mami, o Blanca Perla, especialmente en las tardes de siesta cuando juega con sus pechos. Rubirosa, ante estas denuncias, sólo sonríe y dice: "Amo mis ficciones, hasta hacerlas realidad, pero las mujeres en mi casa de niño siempre se llamaron María, incluso mi propia madre. Ésto no confundía a mi padre que buscaba los amores fuera de casa. En ocasiones volvía, por éso, con la ropa hecha jirones y la espalda rajuñada (Rubirosa nunca aceptó que la palabra correcta era "rasguñada" lo que le valía ácidas discusiones con los correctores y editores). Decía: La muy puta no quería que me viniera y me tijereteó la ropa". Camille insistía en su punto hasta que Rubirosa la sentaba en sus rodillas y le metía la mano bajo las faldas para hacerle cosquillas como en aquel tiempo, en la librería Seminario. A veces, Roosvelt Ávila o bien Orgüel Fernández, insisten en demostrar que él mismo es Castro, entonces alimenta a los zorzales con migas de pan remojadas en vino, y con su voz cadenciosa comienza a relatar su niñez entre sus siete hermanos, donde nunca se estaba solo, ni tampoco en compañía, donde el padre no tenía importancia alguna y la casa era manejada por una matriarca de pechos enormes, vestida de negro con lunares blancos, que no recuerda si era o no su abuela, a la que todos decían mamucha. "Con mi padre sólo se hacían una sonrisa ficticia cuando éste salía por la mañana y otra cuando volvía tarde en la noche. ¡Nada más!. Cuando la mamucha murió, ya era mil novecientos cincuenta y cuatro y mi padre y mi madre casi no se levantaban de la cama, salvo cuando ella estaba preñada y por parir. Cuando eso terminó, yo no sólo tenía treinta y siete hermanos sino más de treinta años y había empezado a escribir ficciones sentado en el retrete".

Este relato no coincidía con la vida de Castro, que era hijo único, o al menos tan solo, que no era importante los hermanos que tuviera. En la medida que sus sueños eróticos con Blanca Perla o su madre se hacían más y más intensos, sus ficciones eran más y más extrañas, hasta que comenzó a trasladarlas; no queda claro si a la realidad o a un plano de fantasía traslapado con ésta. En las noches de luna nueva salía, por ese entonces, vestido sólo con un largo abrigo a pasearse por el Parque Japonés. Desde el parque le mostraba a las prostitutas de la vereda del frente su cuerpo blanco, esmirriado, desnudo y adornado con una enorme erección. A los hombres que se cruzaba, cuando usaban sombrero les saltaba encima para robárselos y luego los perseguía imitando la voz de su padre: "Jamás has merecido este sombrero ¿entiendes?. ¡Eres apenas un maricón!".

Con todo, siempre la crítica insistió que esta historia confirmaba la perversión de Rubirosa. Pero él sólo sonreía cuando alguien le preguntaba y decía: "Sin embargo, la verdad es otra". En una ocasión en que habíamos conversado largamente de nuestros temores y culpas, reconoció que él había vivido una lucha interna para construirse a sí mismo lo que le hacía comprender que no era fácil ser Castro. En esa ocasión nos leyó, a Camille y a mí, el capítulo cuatro de Castro. Su voz era tan intensa, el tono tan vívido, la cadencia tan rítmica que nos sobrecogió a ambos y creímos, casi, que se trataba de una confesión de todas sus miserias, pero Camille que las había conocido, sabía que no era así. Como sea, al terminar la lectura Rubirosa tenía los ojos hundidos y húmedos. Dijo: "Ustedes no saben cuan terrible es la culpa". Recuerdo que en esa ocasión, después que Camille se retiró a dormir, después de varias botellas de syrah Santa Eulalia, y casi tres cuartos de kilo de queso y muchas aceitunas negras cuyos cuescos llenaban los ceniceros, Rubirosa me confidenció que desde niño se tiraba de espaldas en los umbrales de las puertas para ver los calzones de las mujeres. "No sabes cuanta culpa sentía" me dijo sonriendo con la mirada. Me aseguró que la culpa siempre lo torturaba, pero la compulsión era más fuerte. "Tienes la sangre tan caliente" me decía mi padre, cada tanto. "Para mi" reconoció, "Camille fue mi redención". "¿Y que significado tiene Castro, entonces?" me atreví a preguntar, aunque reconozco que luego sentí vergüenza y creí haber sido irrespetuoso. La sola pregunta significaba una duda y me hizo sentir culpa. "Es éso, precisamente" me dijo, achicando los ojos hasta casi desaparecer tras una línea: "Un profundo estudio de la culpa". No sé por qué me atreví a preguntar: "¿Por qué de la culpa?. Castro es un desviado sexual". "Ésa es la peor de las culpas pues no tiene nunca perdón. Podría tener redención pero no perdón" dijo.

En el capítulo nueve Castro repite la conducta de Rubirosa: Tiene casi cinco años y está tirado de espaldas en el umbral de la puerta de la cocina, entonces pasa Blanca Perla sobre él, que cree ver repetido su rostro salvaje bajo las faldas; su melena rebelde y su boca roja vertical, entonces se toma de sus piernas y trepa entre risas. La resistencia de ella es demasiado débil y cuando Castro besa su boquita bajo las faldas ella lo toma en brazos y lo lleva a su propia habitación donde pierde la inocencia pero no la ingenuidad. Esta escena se repite hasta el cansancio, durante toda su niñez y a lo largo de muchos capítulos, hasta que Castro cree haber pervertido a Blanca Perla y convierte a su propio padre en su enemigo. Al lector no le queda claro si, desde un principio, esto es sólo una fantasía de Castro que llega a transformarla en una verdad forzosa y si en efecto ocurre. La escena es siempre velada y casi alegórica y más. Lo mismo sucede en el capítulo veinte cuando su propia madre lo invita a jugar a su dormitorio y lo acaricia por primera vez. Pero sus caricias son sucias y se dirigen siempre a sus partes íntimas, mientras lo desnuda entre risas, a la vez que se deja desnudar por Castro. En los quince capítulos siguientes la historia se va repitiendo reiteradamente con ligeras variaciones, hasta que el relato es una nebulosa en la que Castro confiesa haber seducido y violado a su madre, para desquitarse de su padre y sus castigos. En el capítulo treinta y nueve Castro es un adolescente de no más de diez y siete años y su padre lo sorprende en actitudes indecorosas con Blanca Perla y lo castiga severamente delante de ésta y de su madre dándole unas bofetadas. En los siguientes capítulos, y siempre en la misma tónica confusa, Castro revive una y otra vez y más esta misma escena que lentamente va cambiando capítulo a capítulo, hasta que finalmente en el capítulo cincuenta y dos la situación es absolutamente inversa, y es Castro quien sorprende a su padre sosteniendo una relación sexual con Blanca Perla sobre el mesón de la cocina y en frente de su horrorizada madre. Entonces Castro golpea por primera vez a su padre y viola a Blanca Perla como escarmiento. Al releer estos capítulos el lector encuentra la realización (¿Verdadera?, ¿Ficticia?, ¿Soñada apenas?) del anhelo de niño de golpear al padre por robarle la ternura de su madre y Blanca Perla. En el relato final Castro golpea a su padre en el pecho y lo tira sentado en su silla de cuero y madera. Al caer, puede ver que no sólo su expresión es la de un pobre imbécil, sino que además está completamente desnudo, entonces se dice a sí mismo: "Al fin conozco tus pobres pies de barro". Más adelante, a partir del capítulo setenta y dos, Castro compendia todas estas escenas de su niñez, sin comprender que su relato está repleto de disculpas morales que lo truecan de villano en héroe a sus propios ojos y que ha trasladado la figura de su padre a la de su tío Alfredo.

Hacia los últimos capítulos, en cambio, encuentro uno que a ojos de la crítica es una prueba irrefutable del carácter autobiográfico de "Castro". Puedo decir que Rubirosa me relató, en cierta ocasión, un viaje en el cual se basaría esta aseveración. En aquella ocasión había escapado de la rutina de las librerías en que firmaba sus obras, de las mesas de tertulias donde don Misael (aún no compraba la casa de la calle Brescia donde nos reuníamos bajo el parrón), de el acoso permanente de Camille que no lo dejaba escribir y más, y había partido al norte sin equipaje ni aviso, caminando, con la intención de llegar hasta donde sus pies lo llevaran y hasta que la nostalgia lo trajera de vuelta. A la subida de la cuesta de El Melón se encontró con una mujer joven a la que jamás preguntó el nombre, que esperaba en el sol tibio de otoño algún camión que por buena voluntad la llevara a Copiapó. Rubirosa la habló sólo porque tenía el pelo intensamente rojo y los ojos tan celestes que parecían no existir. Algo le comentó sobre estos hechos de modo que la mujer comenzó a dar explicaciones. Estaba a la mitad de alguna cuando un camión que llevaba explosivos al mineral de Chuquicamata se detuvo, y ofreció llevarla. Al parecer el chofer ya la conocía. Ella subió y sin más invitó a Rubirosa: "Todos cabemos bien" le dijo, como si fuera la propietaria, y continuó hablando del color de sus ojos y del rojo de su pelo. Durante toda la noche, sin importar la presencia del camionero, la mujer y Rubirosa tuvieron sexo a gritos y bufidos como si fueran dos morsas en un fangal. Tal vez el viaje de Castro al sur esté inspirado en éste, pero hay diferencias sustantivas partiendo por el motivo y dirección de cada viaje. Rubirosa se dirige al norte sin motivo ninguno, mientras Castro va a Puerto Montt en busca de Blanca Perla a quien no ve desde hace veinte años. Es cierto que ambos encuentran una mujer en el camino, pero Castro toma un pasaje en bus y Rosalba Cañón, su compañera eventual de asiento, se presenta y le da su nombre. Castro no. Rosalba y Castro no tiene sexo sino hasta pasado Chillán, pero de ahí en adelante el narrador da cuenta que Castro tuvo, hasta bajar en Puerto Montt, no menos de veintitrés orgasmos y Rosalba solo cuatro. Como sea, trabajaron en el más absoluto silencio y sólo el chofer y su ayudante supieron lo que sucedía por lo agitado de sus respiraciones bajo la manta que los cubría. Rubirosa, en cambio, confiesa que no logró llegar al clímax sino hasta que oyó los primeros trinos de los zorzales por la madrugada y no quiso preguntar a su pareja por no detener sus gritos de meretriz, pues temía que el chofer se quedara dormido.

Como sea, este capítulo es singular dentro del relato ya que es el primero en el que no hay culpa o sentimiento de ella, ni tampoco transferencia o fenómeno alguno de negación. Pareciera ser el comienzo de la sanación de Castro. En los siguientes se reitera la falta de culpa que se remplaza en forma confusa con extrañas penitencias como la búsqueda incesante de Blanca Perla, a la que finalmente encuentra en Castro en la isla de Chiloé, pero, com Dickens, la encuentra convertida en una mujer vieja, gorda, sin dientes ni atractivo y más. Este encuentro que llenaba las ilusiones de Castro había, al parecer, llegado a simbolizar la redención final, sin embargo no es más que un pobre último castigo que sólo lo tortura como una última venganza del padre.

Castro no es en modo alguno una de las obras más extrañas de Rubirosa, ni tampoco cercanamente, la más polémica, pero sí es la que más revuelo ha producido debido a la eterna discusión de si es o no una especie de autobiografía en clave. Incluso hay quienes creen ver en la mujer del bus a la Carrascales y en Blanca Perla insisten en ver una alegoría de Camille. A este respecto he sostenido interminables discusiones con Norman Gutiérrez y Rommel Miranda.

La plaza de los pajaritos

Todos los días que parecían ser de sol, aun cuando no lo fueran, él estaba sentado en ese mismo lugar. Los prados se hacían verdes, y los arbustos se veían llenos de flores, como los árboles: Acacias, y robles, lujuriosamente verdes y perennes; todos ellos. Llegaba con su lápiz, suavemente mascado por detrás, y la mina ligeramente roma. Traía un buen fajo de papeles amarillos por el tiempo, impresos con largas columnas de números, no del todo desconocidas por él: "Debe", "Haber", "Razón", rezaban sus encabezamientos. Otros llevaban escritos crípticos procedimientos digitales, jamas ejecutados por el hombre, sino por sus frías máquinas.

Sacaba del bolsillo derecho de su chaqueta de cuadritos pequeños, un paquete, de papel periódico, posiblemente hecho por él mismo, lleno de migas de pan, humedecidos, apenas ligeramente, con vino syrah de Santa Eulalia, con el que comenzaba a alimentar a los zorzales, con la mirada serenamente tierna. Para hablar de él, con más facilidad, le llamaré Rubirosa, aun cuando nunca se llegó a establecer su nombre verdadero, ni siquiera cuando se refugió en los laberintos que corren bajo la ciudad de San Fernando, en el sur, copiando el trazado de sus calles.

No sólo los zorzales bajaban a comulgar el pan con vino de Rubirosa, afinando su sensibilidad con sus tres notas dulces. También llegaban los jilgueros, los gorriones y chincoles que él acogía con igual placer. Con el tiempo también las palomas comían las migas que los otros pajaritos botaban, en su jolgorio, de las manos de Rubirosa, arrullando con sus cantos. El lugar tenía otro nombre, sin embargo con el tiempo se dio en llamar, sólo por este suceso, La Plaza de los Pajaritos. Cuando las migas se terminaban, Rubirosa guardaba el envoltorio en el bolsillo derecho, cuidadosamente doblado, no sin antes meditar profundamente sobre lo escrito en él. Luego tomaba el fajo de papel amarillento ya, por la insistencia del tiempo, y el lápiz, y comenzaba a escribir, por el reverso del papel, aun no maculado; mientras los pájaros se posaban en sus espaldas y cabeza, y le picoteaban las orejas, o los hombros. Las palomas, cada vez más numerosas, como ratas aladas, de todos los colores de la paz, revoloteaban picoteando en el suelo, al son de sus cuitas y arrullos, recogiendo lo que sobraba o podían arrebatar a los pajaritos de canto dulce.

Los jilgueros no eran más de tres, y luego huían de las palomas y se refugiaban en las acacias. Cuatro gorriones acompañaban a Rubirosa, siempre algo más audaces, combatían a las palomas, pero sin caer en la imprudencia. Cuando el hombre, ya inspirado, se encerraba en los recovecos de su imaginación, y también volaba, como un enorme pájaro etéreo, sobre la vida y la muerte, sobre los dramas y los arquetipos, sobre las ficciones y las verdades, sobre las palabras y su música oculta, entonces los gorriones también cautos se ocultaban entre las ramazones de los almendros, que al cielo ruegan su bendición. Los chincoles gritaban toda la mañana su curiosidad perenne al rededor, preguntando: "¿Han visto a mi tío Agustín?". Las palomas, arrullando medraban en torno a los pies de Rubirosa, en su impúdica actividad, comiendo, reproduciéndose o volando en amplios círculos para dejar caer sus asquerosas cacas jugosas. Éstas caían sobre la estatua del prócer, o en los globos de cristal traslúcido de los faroles, también sobre los bancos, y al suelo, en las bellas flores cuyos colores dejaban de atraer a las abejas, y a veces en los hombros o brazos distraídos de Rubirosa.

Cada día que pasaba aumentaban, más y más las currucudas palomas arrullando histéricas, y disputando a los zorzales y a las torcacitas el alimento que Rubirosa regalaba. Los más pequeños se fueron primero. Los chincoles parecieron no encontrar a su tío Agustín, y partieron a otros parques, hostigados por la paz de las palomas, no sin antes despedirse de Rubirosa picoteándole las manos. Las palomas aumentaban y cagaban. Algunas eran deformes. Habían perdido un ojo en algún campanario, o un pie escapando de los niños inocentes, o un ala completa, enredada en alguna alambrada de púas, o la mitad de las plumas quemadas en algún hilo eléctrico de alta tensión; pero todas cagaban sin respeto. Luego se fueron los jilgueros, invitados a otros pagos, donde los canarios salpicaban semillas en un patio sin palomas.

Por cada pajarillo que se retiraba, parecían llegar cuatro palomas desgarbadas con su paz y su arrullo agobiante. Rubirosa, sin querer las alimentaba. Después no vinieron más las codornices que con su moño alto y pretencioso desfilaban con respeto, de mayor a menor, pidiendo su parte. Los gorriones seguían llegando, pero sólo de vez en cuando. Las torcacitas, tímidas, dejaron de bajar del jacarandá, y con tristeza e inútil ilusión seguían a Rubirosa cuando éste aterrizaba de su vuelo etéreo y se iba cansino, hasta perderse en dirección al rojo sol del ocaso, con su papel amarillo que cargaba más y más tiempo detrás de las largas columnas tituladas "Debe", "Haber", "Razón".

Los últimos fueron los zorzales. Ese día no cantaron sus tres notas dulces, ni picotearon a Rubirosa tras las orejas, para llamar su atención, sólo no vinieron. Entonces Rubirosa no volvió a traer migas de pan ligeramente humedecidas en vino rojo, syrah de Santa Eulalia. Sólo se sentaba y escribía, beneficiando el reverso del papel amarillo. Cuando comenzaba a escribir, las bandadas de palomas con sus colores plomizos de paz revoloteaban desde los campanarios, desde los capiteles, desde las cabezas de las gárgolas, desde los hombros de los próceres, desde los traslúcidos globos de los faroles, desde los tejados y los palomares, cagando sobre la plaza de los pajaritos, y descendían a sus pies, arrullando escandalosas: Rubirosa las ignoraba y escribía. Entonces, para hostigarlo y pedir, comenzaron ese día a picotearle los zapatos, pero Rubirosa las ignoró. Las palomas picotearon, entonces la bastilla de sus pantalones y se las tironearon, pero él las ignoró. Las palomas, sin embargo, con sus colores grises de paz siguieron arrullando a su alrededor, acurrucándose, y amándose con lujuria, volando en torno, y cagando los globos transparentares de los faroles, y los hombros del prócer, los bancos de madera, y las frescas flores.

Los días se sucedían y las palomas, con su paz eterna, no cejaban. Rubirosa tampoco. Aquellas seguían descolgando su vuelo de los balcones, las estatuas, los faroles, y esparciendo su caca, mientras suplicaban a Rubirosa y picoteaban sus zapatos. Como no se diera por vencido, se subieron a sus rodillas y cagaron en ellas. Rubirosa las ignoró: Volaba demasiado alto sobre sus metáforas. Otras se subieron a sus hombros y arrullaron en sus orejas, pero él las ignoró. Estaba más allá de las plazas del mundo, más allá de las pasiones del hambre o la gula. Entonces cagaron en su espalda, en sus hombros, y en su cabeza del color de la ceniza. Pero Rubirosa las ignoró. Algunas anidaron en paz, sobre sus brazos y en su regazo, y sus pichones cagaron en sus muslos, pero las ignoró. Finalmente, un día escribió la última línea en el reverso de la última hoja amarilla, en cuyo anverso había columnas de números con títulos desteñidos que decían: "Debe", "Haber", "Razón", entonces se sacudió las palomas que anidaban en sus hombros, en sus muslos, y en sus brazos, y se fue para siempre, siguiendo la ruta del sol cuya luz rojiza escandalizaba el horizonte en el ocaso. Desde entonces no hay pajaritos en la plaza, ni aun cuando se construyó una enorme jaula donde tenerlos.

Soslayo

Estaba mas frío que de costumbre. El tonto sol que alumbraba sin casi entibiar, era una imagen difusa tras el filtro de nubes flacas. "El sol no puede ser tonto" musitó alguien: Tal vez Rommel, o quizás Orleans, no lo recuerdo, ni reparé en éso mayormente. "Es sólo una metáfora" dije, sin interés, nada más por responder. "Tampoco es una metáfora" respondió Orleans, o tal vez Rómmel. "¿Podría ser una figura?" interrogó Chérchil. "Un dislate" rió Mehrson. Al fondo del parrón, envuelto en su manta de castilla, para defenderse del frío que caía de más allá del tupido enramado, Rubirosa comía plácido, unas uvas negrísimas, de un racimo que sostenía entre sus poderosos dedos. Me quedé pensando en la primera falange del dedo índice, que asomaba entre las uvas, y parecía hacer, siempre, un ángulo caprichoso con el resto del dedo, como anquilosada. Recuerdo haber reflexionado: "Rubirosa es un escritor de los antiguos, de lapicera y máquina mecánica". El golpe a las teclas de su "Underwood" arcaica ha marcado el ángulo de esa falange, que produjo tanta ficción.

¿Qué es, íntimamente, una metáfora? — preguntó Rubirosa, pasando el racimo de uvas a Balzac Quintana. Sus ojos alcanzaban a sonreír, apenas, como el sol tras las nubes, impedido de expresarse.

— Una metáfora... — casi dudó, Balzac — verás — dilató, buscando una respuesta: — En ocasiones, es difícil recordar con precisión un caso, de modo de establecer un argumento... ¿Comprendes?. Pues bien. Por ejemplo, Mountblanc recurría siempre a ese recurso, cuando no deseaba ser interrogado sobre algún tema privado e incómodo: ¿Me explico?. En cierta ocasión en que se le interrogaba, con insistencia, sobre su relación incestuosa con la hija de su mujer, de apenas diez y seis años, explicó que el amor no tenía edades, y recordó cierta novela de Dickens, que, por cierto creo que no era la "Historia de dos ciudades" (Es de Dickens ¿no?... Sí, sí: Por cierto que es de Dickens), pero en fin...

— ¿No es de Oscar Wilde? — preguntó Chérchil, o tal vez Rómmel, interrumpiendo a Balzac.

Rubirosa sonrió, ahora con todo su rostro, como si el sol hubiera aparecido entre nubes, mientras servía en su copa una porción de vino tinto syrah de Santa Eulalia. Su dedo índice no tocaba el cristal de la copa: La primera falange, como quebrada, en ángulo permanente, tal vez, no se lo permitía, o aquel dedo, y esa falange, tenían algo de sagrado. Me quedé pensando en la sonrisa de ese hombre sabio, mientras, entre las ramas de las parras, una loica macho asomó su pecho rojo, y pió tristemente tres veces. "¿De qué se alegra?" pensé. "¿Sabría que la loica iba a cantar?".

— ¿Sobre qué le gustaba escribir al viejo Carlos? — preguntó, entonces Rubirosa, luego de beber un trago de su vino, y aspirar su aroma duro —, ¿Tal vez era un romántico? o ¿Sólo un conservador que temía al avance social?. Quizás siempre añoró al niño Copperfield que vivía en su corazón — concluyó dudoso, y chasqueando la lengua meneó la cabeza y terminó: — Era un virtuoso de la metáfora.

— No hay metáfora alguna, ni en "David Copperfield" ni "Historia de dos ciudades" — dijo Balzac, o quizás Orleans, que comía de las uvas negras que Rubirosa había entregado a Balzac. Entre las ramas se oyó revolotear a un zorzal, que bajó a comer una uva caída.

Recuerdo que Ályson Carrascales se había sentado en las rodillas de Rubirosa. Él aun no la amaba. Ella, tal vez, nunca lo amó: Sólo la deslumbraba la potencia de su genio creativo. Camille, su mujer, observaba rencorosa, desde la pieza de costuras, donde trabajaba para sostener a la familia. Cuando pasé junto a su puerta, camino del baño, me dijo, señalándolos: "Ten por seguro que aquello es una metáfora", y sin levantarse de su máquina "Singer", me tomó de la mano, y me atrajo hacia sí. No pude evitar besar esa boca rencorosa, ese cuello largo, y palpar esos pechos mansos. Camille, sollozando, me dijo: "Hazme tuya, al menos". "Jamás podría" respondí. "Al menos, entonces, haz un esfuerzo, y llévate a la Carrascales". Luego nos amamos con incomprensible furia. Cuando salí al parrón, nuevamente, Ályson bebía de la copa de syrah de Rubirosa, y en la pieza de costuras Camille bordaba sobre el canesú de un vestido de novia.

— Por de pronto — oí que decía Norman, o tal vez Orleans — es un despropósito mencionar los amores de Mountblanc frente a Ályson.

Orleans, o tal vez Norman interrumpió a Norman o quizás a Orleans, elevando la voz ostensiblemente.

— Sucede que tú fuiste quien primero ofendió a la Carrascales sin motivo alguno.

— Sólo respondía la pregunta del maestro sobre... — Dudó un momento — No recuerdo ya el tema, pero tú argumentaste con Dickens y su vida tortuosa, sus amores con Ellen Ternan, en fin.

— ¿Acaso pretenden que somos una metáfora de Dickens y la Ternan? — preguntó la Carrascales, levantándose de las rodillas de Rubirosa, y girando, grácil, para enfrentar a Norman, o tal vez a Orleans. Tanto Orleans, como Norman, y también Rómmel, quizás Chérchil se sintieron sobrecogidos. Rubirosa partió una uva, y le arrojaba trocitos pequeños al zorzal que cantaba tres notas tristes. "Si hicieras, al menos un esfuerzo, luego estarías comiendo de mi mano" dijo, ignorando la discusión.

Rómmel, con esa chaqueta, ya raída, de cuadritos pequeños que había comprado a plazos, cuando estaba por cumplir veintiséis, se sintió incómodo con la acusación de la Carrascales, y se tironeó las axilas húmedas de la chaqueta que le apretaban los sobacos. La incomodidad se extendió por toda su sensibilidad corporal. Movió la cabeza de uno a otro lado, estirando la barbilla hacia adelante, mientras carraspeaba. Subió dos veces el hombro derecho, luego lo mismo con el izquierdo, en seguida tironeó el puño derecho de la camisa y entonces lo sorprendió la mirada profunda de Ályson. Avergonzado, trató de completar la simetría con la manga izquierda de la camisa, raspando el brazo contra la cintura, pero sin resultados. La falta de simetría le angustiaba. Ályson no le quitaba la mirada. Lentamente movió su mano derecha, como si fuera un ladrón, hasta alcanzar el puño izquierdo. Cuando iba a tironear, para lograr la ansiada igualdad, Ályson, como si hubiera estado esperando, para torturarlo, adelantó su mirada azul, y su pelo rubio blanco, y le preguntó:

— ¿Y tú?. ¿Estás de acuerdo con éso?.

— ¿Yo? — preguntó Rómmel, a su vez, enrojeciendo. Se golpeó dos veces el hombro izquierdo con la barbilla, mientras tosía; luego repitió el movimiento en el hombro derecho, mientras tosía, y finalmente se golpeó el pecho con la barbilla, mientras tosía, y musitó: — Rubirosa habría dicho que amar... es decir, creo que Camille... Verás: En historia de dos ciudades, Dickens, tal vez hace una metáfora de sus dos amores aun cuando claramente el sentido político de su opinión, respecto a la revolución francesa en modo alguno es progresista, sino en todo caso bastante conservador y temeroso. Creo que Dickens hace huir a sus personajes del progreso revolucionario debido a la forma cruel de imposición de los ideales de la revolución, que en modo alguno compromete sus orígenes bien delineados en David Copperfield. Claramente Dickens es Copperfield, y bien puedo atestiguarlo, pues yo mismo he renunciado a una vida cómoda por privilegiar el arte, lo que en todo caso nunca es más que una dulce renuncia: ¿Comprendes?.

Todo ésto había sido musitado en voz bajísima de modo que la Carrascales casi no había logrado oír nada, sin embargo el zorzal ya comía trocitos de uva en la mano de Rubirosa. Ályson alcanzó a divisar el gesto, por un lado rencoroso, de Camille, tras la ventana de la pieza de costuras, y por otro, soñador al verme de soslayo. Furiosa acercó la cara hasta casi tocar a Rómmel, que con el meñique se rascaba, con suavidad el párpado superior izquierdo, y le gritó:

— Tú: ¿De parte de quién estás?.

— Eso no sería necesario contestarlo — dijo Rubirosa, enjaulando al zorzal con sus dos enormes manos. Éste aleteó, ahí encerrado, y cantó tres notas de alarma —. Este zorzal — continuó —, hace tres años viene a comer en mi terraza — de eso doy fe —. A veces canta en el alféizar de la ventana de Camille. Es su única felicidad. Toca con su pico los vidrios, cuando ésta está cerrada, de modo que la abra. Ella lo premia con migas de galleta humedecidas en leche y miel. ¿Acaso se diría que la ama?. Al caer la tarde, cuando el sol antiguo, es apenas un recuerdo, el canto melancólico del zorzal entre las ramas endulza la ternura del recuerdo. ¿Acaso se diría que nos ama?. Hoy al fin, ha comido de mi mano: Ya está atrapado. ¿Acaso se diría que me ama?. ¿Acaso se diría que lo amo?.

El zorzal gorjeó desesperado. Aleteando intentaba escapar de la prisión que había elegido, tal vez por hambre, confianza, o quizás gula. Camille vio, desde la pieza de costura, como Rubirosa separaba sus manos enormes, cuyos dedos índices parecían tener anquilosadas las primeras falanges, debido al duro golpe del teclado de su "Underwood". El zorzal emprendió el vuelo, dejando un rastro inmundo en la mano de Rubirosa. Camille dejó a un lado el canesú que bordaba, y levantándose salió al parrón, y fue a posarse en las rodillas de Orleans o Rómmel, no recuerdo bien. El zorzal volvió a cantar.

La Carrascales intentó sentarse, nuevamente, en las rodillas de Rubirosa. Éste bebía, tranquilo, un sorbo de su syrah Santa Eulalia. No sin una expresión de intensa ternura, se lo impidió diciendo:

— Ahora, sería preferible que no —. Ella con una mirada desafiante, y alzando la barbilla lo enfrentó.

— Tú: ¿De parte de quién estás? — Rómmel, sintiéndose incómodo, se revolvió en el piso de madera semipodrida en que siempre se sentaba. Debajo del asiento, una viuda negra tejía su trampa mortal. Rubirosa se tomó su tiempo para posar su copa en el suelo, junto a su silla de lona.

— El sol, en otoño, es menos tibio — dijo sonriéndome —. Parece no llenar sus expectativas. Se diría que ha perdido su inteligencia para cumplir con su obligación. Podría construirse una metáfora que dijera que el sol es tonto.

Rómmel continuaba acomodándose en el piso de madera, cuya tercera pata se había clavado en el pasto, aplastando una mata de margaritas. Yo, en tanto, pensaba que el dedo índice de Rubirosa jamás señalaba hacia donde indicaba, debido al anquilosamiento de la primera falange, que siempre hacía un ángulo obtuso y caprichoso con éste. Camille, sentada en las rodillas de Chérchil, o quizás de Orleans, tenía sus manitas pequeñas, y heridas por las agujas de bordar, metidas entre sus piernas, cubiertas por una falda de organza estampada de flores azules. Ályson, al notar la incomodidad de Rómmel, se acercó a él.

— ¡Quédate tranquilo, imbécil! — le gritó. Rómmel tosió, golpeando con su barbilla el hombro izquierdo — ¡y mírame cuando te hablo! — continuó, y poniendo su pie, calzado con un borceguí de altos tacones, sobre el pecho del otro, lo empujó, haciéndolo caer sobre el trébol, más allá del parrón, donde las abejas flotaban sobre flores blancas. Luego escapó de ahí, llorando, seguida por Norman, o por Orgüel Fernández.

Recuerdo bien, que cinco meses más tarde, la Carrascales se fue a vivir con Rubirosa. Camille diseñaba con éxito, vestidos de novia en Avignon en la esquina de la Rue De La Croix con la Rue De L'Oriflamme, en Francia (decía que el glammour de Paris olía mal), desde donde enviaba dinero. Había conseguido editor para las obras que su amado Rubirosa escribía al modo de Gombrowicz, sin haberlo leído nunca.

La caja del Nada

Recuerdo con claridad el día que Rubirosa cumplió veintitres años de la publicación de su primer libro. Nos reunimos en el patio de su casa, bajo el parrón cargado de uvas negras. Como casi siempre lo hacíamos. Cuántos debates, en que él nunca quiso participar, sembraron la discordia, bajo ese parrón fresco. Él se había sentado como siempre en la misma esquina, en su misma silla de lona, con una copa de carmenere Santa Eulalia, igual que siempre hacía. Sólo a veces cortaba un racimo de uvas empolvadas, y negrísimas, que lavaba en la llave de regadío del patio, que se encontraba tras el tercer pilar de la izquierda. El mismo comía, como entonces también comió, unas dos o tres uvas, y pasaba el racimo a alguien para que probara la fruta de su propio jardín. Fue entonces que le cantamos esa canción protocolar, que nos emocionaba tanto:

Rubirosa ha cumplido otro año,
y le vamos a hacer los regalos,
que los cumpla muy felices,
y que escriba muchos años,
y que sea para siempre muy feliz.[1]

---

[1] Plagio, sobre un plagio, de la canción himno "Los estudiantes pasan" de Gustavo Campaña, compuesta para las fiestas de la primavera que se celebraban en el Santiago de los años treinta

"

Claras me vienen las imágenes a la mente, de Rubirosa emocionado, que apuraba su copa de carmenere, antes que todos lo palmotearan, entre palabras de cumplimiento y felicitación, luego hubo de soplar velas, recibir aplausos, y toda esa liturgia no acordada, pero necesaria. Entonces le trajeron una mesita rústica, colmada de paquetes de regalo, que le habíamos traído, para festejarlo. La expectación hizo el silencio, y pudimos oír el canto de los mirlos, enredado en los zarcillos y sarmientos del parrón.

Rubirosa tomó entre sus manos, de dedos poderosos y nudosos, y uñas perfectas, un paquete envuelto en papel de colores marrón, surcado por una cinta gruesa y verde en forma diagonal, y caprichosa, que terminaba en un nudo de borlas, vueltas, y flecos, que lo llenaban de volumen. Era un paquete de lados rectangulares iguales, alargados, y tapas cuadradas, que producía una sensación de estabilidad y macicez. Lo levantó, como si lo estuviera consagrando, y dijo: "¡Este es el regalo de...!". El parrón se llenó, de repente, de miradas escudriñantes. Al fondo, casi invisible, Rommel Miranda, levanto una mano fina, como de mujer, que asomaba de una raída manga, con un gesto que la hacía parecer una pata de pollo. Recuerdo que Rommel estaba sentado en el último rincón del parrón en un piso de madera basta, muchas veces mojado y secado al sol inclemente, curtido por el abandono, con las patas marcadas de martillazos, a cuyo centro se observaba algún clavo doblado y oxidado. Bajo el asiento, alcanzaba a distinguir trazas de los hilos dejados por telas de arañas, que acuciosamente hacían ahí sus trampas. Rommel susurró: "¡Mío!". Una de las patas del piso quedaba fuera de las baldosas del parrón y se enterraba en un prado de trébol en el que se podían ver florecillas blancas visitadas por las últimas abejas de la tarde. Rubirosa bajó el paquete, y con su mirada de encanto mágico, lo ponderó, mientras su enorme mano de poderosos dedos cazó el nudo caprichoso, y lo retiró delicadamente, no sin desgarrar el papel marrón. Apareció una caja de cartón, grueso y moldeado, de color metálico que hacía caprichosas figuras simulando plata labrada por un extruido laborioso con un martinete. Las ma-

---

del siglo anterior, de las que nunca participó Rubirosa.

nos de Rubirosa trabajaron con un cuidado, que parecía extraño en sus dedos vigorosos, para extraer la caja. Una expresión de sorpresa se dejó oír bajo el parrón, que apagó, momentáneamente las tres notas dulces de los zorzales, y la filigrana del canto de los mirlos entre las uvas. Rubirosa abrió con cuidado la tapa, y miró el interior vacío de la caja. Dijo, con su sonrisa cariñosa, y la mirada colmada de ternura: "¡Gracias Rommel!, es un gesto muy delicado de tu parte", y posó su mirada serena, llena de comprensión, sobre Rommel, que a su vez clavaba la vista en el suelo, con gesto avergonzado. Rubirosa cerró con cuidado extremo y delicadeza la hermosa caja vacía, y la posó sobre la mesita rústica, de donde levantó otro paquete.

Éste era de tamaño pequeño, casi perfectamente cúbico, envuelto con sencillez, en un papel de colores alegres, sin cintas, pero con un pompón de tiras de color rojo, pegado en la parte superior. Rubirosa lo alzó, por sobre su cabeza, y repitió la invocación: "¡Este es el el regalo deeee...!". Otra vez las miradas escudriñaron ansiosas. "¡Mío!" dijo Norman Gutiérrez, "¡Ése es mi regalo!". Su ancha sonrisa se destacaba en medio de un grupo, que festejó de inmediato su franco reconocimiento. La voz de Norman era segura, de tono bajo profundo, que inspiraba respeto, pero a la misma vez tenía una calidez atractiva, y llana. En el grupo, que ciertamente lideraba, y en que estaban todos de pie, se chocaron copas, y salió una bocanada de humo de aroma acre de buen tabaco cubano. Rubirosa retiró los sellos engomados, con extremo cuidado, como para no dañar el contenido, seguramente delicadísimo, y abrió el paquete lentamente. Apareció una cajita de unas seis pulgadas por lado, de color azul opaco, muy oscuro. Antes de abrirla, Rubirosa volvió a llenar su copa de carmenere, e hizo un gesto, para brindar con Norman, que exhibió un vaso de whisky y una sonrisa amplia. Rubirosa bebió, con calma un sorbo, y sin apuro, posó nuevamente su copa, junto a la caja vacía de Rommel, luego, delicadamente, moviendo sus dedos anchos como si fueran herramientas de fina precisión, retiró la tapa de la caja azul, y extrajo de su interior un tarro de latón, también azul, que presentó ciertas dificultades para ser abierto, en cuyo interior venía un saquito de papel azul, atado en su extremo por un cordoncillo azul, que Rubirosa desató con no demasiada dificultad. Rubirosa metió dos gruesos dedos en el interior del saquito, y escarbó cuidadoso, con un gesto curioso. Luego miró hacia el interior del saquito, en el que no había nada. Rió con satisfacción, y poniendo su mano derecha empuñada sobre su corazón, le dijo a Norman, dándose suaves golpecitos en el pecho: "¡No sabes cuanto agradezco tu delicadeza!". Cerró el saquito azul con su cordón azul, y lo metió en su tarro de latón azul, el cual guardó en la cajita azul, que cerró con su tapa azul, que dejó junto a la caja labrada de Rommel. Tomó, entonces, otro sorbo de carmenere Santa Eulalia, y escogió otro paquete, de forma cilíndrica, que también levantó como los anteriores, repitiendo la formula, ante la mirada expectante de todos: "¡Este paquete es el regalo de....!".

Una voz presurosa salió de un grupo que reía, hacia la derecha, sentados alrededor de una mesa circular. Mehrson Gajardo señalaba, con el dedo sobre la cabeza de Roosvelt Ávila. "¡Es de Roosvelt!, ¡De Roosvelt!" y le daba golpecitos en la coronilla con su dedo índice tieso. Roosvelt, totalmente ruborizado, sólo sonreía.

Un cilindro de cartón burdo, envuelto en papel vulgar de color café, y atado con una vuelta de cordel de cáñamo deshilachado, anudado con una roseta sencilla, contenía a cada lado una pelota del mismo papel café vulgar, de envolver, arrugado. Rubirosa sacó lentamente, como si esto fuera necesario, la bola de papel arrugado de un costado, y miró sorprendido al interior. Pudo ver la pelota de papel arrugado del otro extremo. "¡Ah Roosvelt, Roosvelt!" dijo. "No habría esperado otra cosa de ti". Roosvelt sonrió ruboroso, con los ojos claros inyectados detrás de sus anteojos de aumento feroz.

Recuerdo claramente, que Rubirosa continuó de este modo abriendo los regalos de Mehrson, de Yácob, de Orson, de Crámer, en fin de todos: Múltiples cajitas vacías, tarros sin nada, saquitos, tubos, frasquitos, cofrecillos de cartón, todos vacíos, merecían conmovedores agradecimientos de Rubirosa, que continuaba uno tras otro incansable abriendo lo conocido como si en cada nada hubiera una nueva sorpresa.

Finalmente, si mal no recuerdo, el último de todos, abrió mi propio regalo. Nunca olvidaré aquellas maravillosas veladas, amparadas por ese fresco parrón, y el dulce canto de las loicas.

¿Quiénes somos?

Caminábamos, con Rubirosa, comiendo chocolate suizo, que Camille le había enviado desde Europa. Ella había viajado a Suiza, desde Avignon, para tomar las medidas promedio de futuros guardias papales, pues su santidad la había encargado de los uniformes de su servidumbre vaticana. El pontífice había dicho: "Entre un guardia suizo y una novia radiante, no ha de haber demasiada diferencia. Ambos usan vestidos llenos de galas", y esgrimiendo este argumento bizarro, había asignado a Camille la propuesta, entre centenares de oferentes con experiencia en uniformes militares. Camille siempre que el destino le regalaba estas alegrías, se acordaba de Rubirosa, aun cuando éste no logró preferirla ante la fuerza lúdica y erótica de Ályson Carrascales.

Aun cuando Camille se consideraba culpable de abandonar a Rubirosa, y huir a Francia; aun cuando siempre que podía reconocía su egoísmo, y aun cuando siempre se decía a sí misma que era una mujer sin iniciativa, y servidora de su hombre, ella inició una nueva vida, por sí sola, y fue la agente de Rubirosa. Era una mujer potente.

— ¿Quien es, mi bella Camille? — preguntó Rubirosa, partiendo el chocolate — ¿Es, acaso, la mujer débil que ella cree ser, o es la fuerte mujer que envía chocolate suizo al hombre que ama aun cuando no la merezca?.

Opiné que Camille era la mujer fuerte, que huyó de su vida oscura de costurera encerrada, para cumplir su destino de éxito, sin opacar a su hombre, ni ser opacada por él. En ningún caso es la débil mujer que ella cree ser.

— ¿Qué somos, entonces? — preguntó Rubirosa—. Un hombre sentado en una máquina de fuerza, entre neones, levanta un peso que tensa todos sus músculos, y se sonríe a sí mismo frente al satinado del espejo del gimnasio. Se dice: "Soy hermoso, soy perfecto". Se viste una camiseta sin mangas, ajustada al cuerpo, de colores agresivos. Muñequeras, un peinado con gel que hace una centena de púas en su pelo, pantalones ajustados a los muslos dejan ver su forma cultivada. Se sabe bello y fuerte al salir a la calle. Se sienta en el paseo, en una mesita de café a beber un jugo dietético, con suficiencia. Dos o tres mesas más allá, toman café algunos intelectuales. Su músculo es intangible, está en las ideas o en la imaginación; ven al adonis y se codean: "Es un imbécil" dice uno. Otro opina que es un pellejo inflado, y uno más que no vale ni un cuarto de su esfuerzo por cultivar su carne. "Es un pobre diablo" concluyen, desde su mesa, ante la perfecta musculatura y el pelo tratado cuidadosamente. Te pregunto: ¿Qué es ese hombre?. ¿Es el pobre diablo que todos ven?. ¿Es el hombre hermoso y perfecto que él mismo ve frente al espejo, bajo las luces fluorescentes y neones del gimnasio?.

Ahora pienso que si Camille es la hermosa mujer que vemos, y no la débil mujer que ella ve en sí misma, tal vez este hombre sea sólo el pobre diablo que los demás aprecian en él, y no el fantástico hombre perfecto que él ve en si mismo. Al menos, creo que es lo que Rubirosa piensa.

— Recuerdo haber conocido a una suiza, cierta vez — interrumpió Rubirosa, mi incipiente cavilación —. Era —, me explicó —, una mujer pálida de aspecto melancólico, muy alta, de huesos perfectos, que hablaba un italiano dicharachero y revoltoso por la mañana, como ella misma, y que a medida que se acercaba el ocaso comenzaba a hablar en romántico francés, mientras sus ojos se hacían amarillos y su cuerpo elástico se convertía en pantera. Al oscurecer ronroneaba erotismo, y sus senos que parecían de cristal manaban cholate blanco, mientras decía al oído: "¡Je t'aime!. ¡Je t'aime pour la merde d'un Christ!" —. Su nombre era Annetta, y estuvo loco por ella durante un tiempo. A ve-

ces la encontraba al medio día, a la sombra de los naranjos, mirando melancólica más allá de Italia donde debía estar el mar Adriático. "Añoro a mi bella Argentina" le decía, y debía recordarle que no conocía Argentina. "No lo sé. Éso no lo sé" respondía con la mirada perdida hacia el Adriático. "Sólo recuerdo una tarde de viernes de mayo, en la vereda del Obelisco, esperando cruzar Corrientes. Son las seis y el tráfico en Nueve de Julio es intenso, entre los autos que corren al oriente por Corrientes, aparece un ciclista provinciano. Me dice: Doonde queeda Saarmiento" —. Pregunto entonces: ¿Quien es Annetta?, ¿la que habla italiano?, o aquella del ocaso. ¿O es la mujer melancólica con un pasado ignorado en Buenos Aires?.
¿Tal vez todas ellas? opiné temeroso, aunque ella cree ser la del mediodía argentino. O tal vez sea la mejor mixtura de todas ellas, y quizás sólo sea la mujer suiza de su pasaporte.

— Es raro — me interrumpe Rubirosa —. Piensa en un antiguo desierto, el de Sinaí, por ejemplo, en el que solo habitaron ciertos grillos color arena, a los que llamaremos Krillen y unos pajaritos que anidan en las agobiantes dunas, que llamaremos Wanderervoegel. Los grillos Krillen se alimentan de la cagada de pajaritos Wanderervoegel, y a su vez los Wanderervoegel se alimentan de los grillos Krillen. Durante miles de años ambas especies viven de este modo perfecto, siendo uno sustento del otro, hasta que un buen día una onda de calor afecta a los huevecillos de los grillos Krillen, y sólo nacen Krillen machos, o muy pocas hembras. Entonces comienza a mermar su población, y el alimento de los pajaritos Wanderervoegel, que comen menos, y comienzan a morir de inanición, hasta que el último pajarito se come al último grillo, para finalmente morir en medio del vuelo sintiendo la culpa de la extinción de su especie. Pasa el tiempo inclemente, amarillo, y continuo, durante millares de años, y el hombre llega al desierto de Sinaí a estudiar su dura aridez. Los científicos encuentran restos fósiles del último pajarito Wanderervoegel, y sus últimas fecas calcinadas. Concluyen que en aquel desierto vivieron aquellos pajaritos, pero no se explican de qué se alimentaron, pues todos los grillos Krillen fueron devorados, hasta el último de ellos. Finalmente, deciden que aquellos pajaritos eran alimentados por Dios, directamente, haciendo llover, cada madrugada, un maná de leche miel y mirra. Y te pregunto: ¿Cual es la verdadera historia?. ¿La de los científicos?, o acaso la que conocieron los grillos que comían cagada de pajarito.

Sin ninguna duda, me atreví a opinar, antes de pensarlo, que la historia verdadera es la que vivieron los grillos Krillen que comían cagada de pajarito Wanderervoegel. Sin embargo, Rubirosa sonrió, como tantas veces lo hacía, y me pasó un trozo de chocolate suizo. Supe que me había equivocado, aun cuando no sabía por qué.

— El grillo Krillen jamás habrá existido — me golpeó con su enorme mano velluda en la cabeza, como si yo fuera su hijo, aun cuando ambos somos hombres ya viejos —. ¿No te das cuenta?. Es que la verdadera historia no son los sucesos, ni siquiera mi apreciación de ellos. Éso sólo son relatos verosímiles. ¿Acaso te crees que tú eres tu propia invención o esfuerzo?. Pues te equivocas, no somos sino lo que otros ven en nosotros. Camille no es Camille, sino la historia que contamos de ella, y así sucede con mi suiza Annetta, contigo, conmigo y cualquiera. Cada uno de nosotros creemos ser lo que imaginamos que los otros ven en nosotros, y verdaderamente somos lo que los otros ven.

— ¿Entonces? — pregunto — ¿Un ermitaño, que vive solo en una caverna sobre el Manquehue, mirando como los monjes trapenses oran y cultivan la tierra; no existe?.

— En la medida que nadie sabe que está ahí, el ermitaño no existe.

— Supongamos, entonces, que el ermitaño escribe una gran obra universal, luego muere en lo profundo de su caverna hasta ser comido por los gusanos, y sus huesos ser pulverizados por los escarabajos peloteros, de modo que jamás exista huella física de él. En ese momento un monje de la Trapa encuentra su obra. ¿Que ha sucedido?: Al aparecer esta única evidencia de la existencia del ermitaño, ¿Recién éste ha nacido?, o quizás la obra encontrada sea de autor anónimo. ¿Puede el hermano Tadeo reportarla como propia, sin cometer plagio?. Si se descubriere la gran obra del eremita; ¿Cuándo ha nacido éste?: ¿Al encontrarse el manuscrito?, ¿Cuando es leído por el prior de la orden?, ¿Cuando éste lo entrega al editor?, ¿Cuando se entrega al público?, o bien, siendo que la obra es realmente universal, ¿El eremita ha existido siempre?.

Rubirosa no responde, sólo termina de comer el último trozo de chocolate suizo. Hemos llegado a su casa. Me invita a tomar un chardo-

nay muy frío, que la Carrascales sirve en las copas elegantes reservadas para el vino blanco. Sentados bajo el parrón, él mira bajar los zorzales, y dice:
— No sé si responderá a tu pregunta: ¿Cervantes es el creador del Quijote?, o ¿El Quijote es quien da vida a Cervantes?.

Creo que me están olvidando

Por aquel tiempo, si no recuerdo mal, estábamos, no sé bien por qué, tal vez Rubirosa necesitaba ver los flamencos en Toconao, o algo así; al oriente de este pueblo en una localidad llamada Alitar, que tenía tres casas de barro y piedra de cordillera, rodeadas de polvo del desierto. En el portal de alguna de las tres casas se había habilitado el paradero de la micro[2] que esperábamos para el dos de julio a las cinco y veintiséis de la madrugada. Es sabido que jamás una micro ha cumplido con el horario, ni nunca ha pasado dos veces a la misma hora por el mismo lugar, lo que hacía del todo azarosa la llegada a este punto terminal y bastante lejano, además de abandonado, de su recorrido. Precisamente por eso habíamos calculado que la única posibilidad que tenía alguna probabilidad no despreciable era que la micro llegara a las cinco y veintiséis de la madrugada del dos de julio. Sólo eso.

Habíamos discutido bastante sobre la necesidad de este viaje y su itinerario, especialmente porque ya no tenía remedio alguno. Todo era esperar y cargar culpas. "¿Qué necesidad había de venir a meterse al

---

[2] Micro: Bus, casi siempre urbano, aunque al darlos de baja emigran a dar servicios a localidades rurales de tercera importancia. Se construyen de la adaptación de un chasis de camión que se carroza especialmente para el transporte de pasajeros.

interior?" decía Rubirosa con un fastidio que me era hasta entonces desconocido, pues su ánimo era siempre bueno y en ocasionas como esta siempre sonreía con un gesto de ternura que recordaba más que al rudo escritor que con agudeza fustigaba el pensamiento fácil de la sociedad, a un niño que cobija un pajarito jilguero a los pies de su cama. Era inútil recordarle que había sido su idea venir al desierto y conocer el Valle de la Luna con luna llena y las fumarolas del volcán Lascar que ruge sobre el Trópico de Capricornio. Hacía como si no hubiera oído, o como si se le hubiera dicho algo al menos del todo diferente: "¡Cómo acepté venir!" decía con gesto hosco, que lo asemejaba a una momia boliviana. "Mientras, allá, aprovechan de olvidarme otro tanto, o al menos ignorarme". Era imposible razonar, estaba en un estado de intensa reflexión sobre sus propias ideas y decisiones y lo demás era una especie de flotante o nebulosa que se ajustaba a su pensamiento profundo.

Miró a Camille, que en el cuarto de costura acariciaba entre sus manitas tibias de mujer casi niña, un zorzal mañanero dormido, mientras observaba con atención los bordados de un canesú. "Me están olvidando", insistió Rubirosa sin quitarle la vista, como si ella tuviera la culpa, "pero de algo hay que vivir" agregó después de un silencio largo apenas interrumpido por la brisa del desierto que arrastraba a la luna, con sus escasos tules, por el cielo muy negro. "Si no estuviera fracasando, desde que la recogí en esa librería, tal vez me recordaran más. Pero siempre la amé" casi concluyó, desviando la mirada a Rommel Miranda que hacía morisquetas sentado en el piso de madera de tres patas al borde del parrón, donde terminaba la tertulia. "Qué extraño saber que estoy aquí en este desierto, sin dejar de estar bajo el parrón y al menos estar fracasando en el olvido" murmuró mientras la micro atravesaba el desierto infinito en algún lugar desconocido. De la casa de enfrente salió una niña muy morena, con un vestido de florcitas azules que flotaba en el viento polvoso del desierto. Como si la hubieran llamado caminó recto hasta pararse frente a Rubirosa cuando eran justo las tres con veintitrés minutos de la madrugada y el hielo lunar calaba los huesos. Él sacó un caramelo de anís de un bolsillo de su chaqueta y se lo pasó con una mirada tierna que ya hacía tiempo no le veía. "Me llamo Otrora" dijo. Lo recuerdo pues pensé en García Lorca y recité mal:

Llegan mis cosas esenciales.
Son estribillos de estribillos.
Entre los juncos y la baja tarde,
¡Qué raro es llamarse Federico!

Ella insistió: "Otrora". Era extraño y sin embargo en esos parajes no.
Luego se sentó muy apegada junto a Rubirosa, como para protegerse
del viento y abrigarse. Él la miró, siempre con ternura y desasosiego,
y sonriendo la abrazó rodeándola con su brazo y su mano enorme.
Creí oír que respiraba con fuerza, pero no era así. Su mirada se perdía ahora más allá de la rama del parrón en que cantan los zorzales y
dijo, sencillamente: "Me estarán olvidando". A su diestra, como siempre, se hallaba ese amigo. Insistió en que siempre el arte es débil y ha
de fracasar: "Es la fuerza de los débiles" dijo, "Para policías y ladrones
hay tantos, para relatar como se bebe un vino rojo, más". Recuerdo
haber hecho al menos un esfuerzo para ignorarlo. Cuántas veces había comenzado así un discusión sin sentido. La niña dio unos golpecitos en el muslo de Rubirosa mientras lo miraba interrogando. Su
mirada volvió del parrón y se posó en sus ojos muy oscuros; su mano
enorme en su cabecita pequeña. La otra escarbó el bolsillo. Después la
sacó llena de papeles de colores arrugados o doblados que fue leyendo
uno a uno muy lentamente y devolviéndolos a su lugar. Todos eran
boletas con apuntes de frases o notas cortísimas en el reverso, o servilletas de restoranes con descripciones de los parroquianos garrapatea-
das con tinta verde. Entre ellos, de repente, surgió un cisne traslúcido
de color turquesa. Rubirosa lo hizo navegar en el aire hasta el vientre
de la niña. Ahí lo clavó, suavemente, dos veces, y se lo regaló. Las ma-
nitos morenas parecieron sonreir con los ojos y la cara. Eran las cinco treinta y ocho de la madrugada y el zorzal entre las manos de Camille comenzó a cantar esas tres notas dulces que presagiaban el amanecer. Quería ver venir la micro en el fondo del camino, más que por
abandonar el lugar porque la niña jugaba con el cisne, con la cabecita
apoyada en los muslos del maestro, sin embargo no era más probable
que llegara ahora que ya habían pasado las cinco y veintiséis, sino que
se hacía cada vez más improbable que pasara dentro de la próxima
media hora, mientras más medias horas pasaban. Rommel balanceaba
suavemente el piso en las dos patas que quedaban sobre la terraza

mientras hacía morisquetas con los ojos y un ruidito persistente que repetía cada tres vaivenes: "iik... iik" y soplaba la punta de su nariz. Ese amigo había tomado la palabra y decía un cierto discurso muy largo burlándose de la poesía metafísica de Orgüel. Cada tanto soltaba un par de versitos a la Orgüel, según él:

En la vida nada es tan fuerte
como el aire seco y verde...

Hubiera querido que Orgüel estuviera con nosotros, sin embargo no deseaba emprender su defensa. No podía dejar de pensar en la inocencia de Otrora y la tentación del maestro. Es mejor salir al encuentro de la micro, sugerí, invitando a Rubirosa a seguirme. Se negó con el pretexto que aun faltaban horas para el amanecer. Le sugerí entrar a pedir té con agua ardiente para el frío. "Ve tú y me traes" dijo. Otrora hizo volar al cisne traslúcido entre el pelo de la cabeza de Rubirosa, empinándose para alcanzarlo. Él aspiró su aroma seco y fresco de niña y desierto. Camille asomó las manos a la ventana que da al parrón e impulsó al zorzal que salió volando. "Si también pudieras volar, pajarito jilguero" dijo Rubirosa cogiendo a Otrora por la cintura con sus dos enormes manos haciéndola flamear bajo la luna que escapaba con su cierta palidez y sus pocos tules. "¡Déjala!" dijo Rommel. "Es apenas una niña" dijo Camille. "Es tan dulce el fracaso" dijo Rubirosa, "sin él nadie puede conocer la belleza". La sentó en sus muslos y la acunó contra su pecho amplio. "Creo que me están olvidando" agregó. Otrora se escabulló asustada y corrió hasta perderse tras la puerta de donde había salido. "Me están olvidando" repitió Rubirosa y caminó hacia el negro de la noche en las afueras del pueblo. Lo seguí con la mirada hasta que se perdió en lo oscuro. El parrón, Camille, Miranda y ese amigo también.

Para las diez de la mañana la micro aún no había llegado y en modo alguno había esperanza. Decidimos caminar hacia Toconao después de tomar un segundo desayuno de ulpo espeso hecho con harina tostada y leche de llama. Tal vez la superstición bíblica de la mujer de Lot nos impidió mirar hacia atrás y ver que Otrora nos seguía a cierta distancia, diciendo adiós con su manita morena. Con nosotros iba ese amigo. Casi al llegar a Toconao dijo: "Es el destino que está en nuestros sueños, por eso te olvidan". Le pregunté si había alguna culpa que él viera en Rubirosa, pero sólo respondió, intentando ser ambiguo: "Soñamos nuestro destino o bien nuestro destino son los sueños". Fue entonces cuando, para evitarme miró hacia atrás: "Allá viene" dijo, "colgada del cisne trasparente, viene volando". Delante nuestro apareció, bamboleando, la micro que esperábamos tanto, levantando todo el polvo amarillo del tiempo desierto que trabajosa dejaba detrás. Rubirosa le hizo señas para detenerla entre ruidos infernales de sorpresa y dificultad. "Voy a Alitar a recoger pasajeros" protestó el chofer. "En Toconao hay otra micro que sala a San Pedro en poco rato". "No importa" dijo el maestro, subiendo a la pisadera, "no voy a ninguna parte. No tengo ningún lugar donde ir" y como si hablara para si mismo continuó, mientras se metía en un asiento junto a una ventana: "Sólo escapo del olvido. Sólo voy en busca de una reflexión más y no sé donde se encuentra. Talvez al llegar vuelva a escribir, tal vez otra vez me atreva a fracasar". A poco andar nos cruzamos a Otrora. "¡Deténgase!" dijo Rubirosa y bajó de un salto para recogerla y subirla a la micro. Ninguno de los dos dijo ni una palabra en el resto del trayecto. Ella se sentó en los muslos de Rubirosa y se fue jugando con el cisne turquesa sobre el vidrio que sólo dejaba ver el polvo del desierto y el sol amarillo que craquelaba las imágenes.

Al llegar de regreso a Alitar ya era la hora de almuerzo. Nos sentamos en el portal de la casa que hacía de terminal y fonda, para comer algo. Otrora desapareció como un reptil apenas llegados y el encargado nos sirvió un vino de caja de cartón, de baja calidad. Sin embargo Rubirosa, después de agotar el primer vaso dijo: "Es extraño..." y se quedó en silencio. Todos esperamos que manipulara la pausa como hacía siempre tan bien, pero no habló. Entonces moví afirmativamente la cabeza, para recordarle que esperábamos que continuara. Pero no habló. Le hice, pues, un gesto interrogativo con las manos, pero no habló. Lo recuerdo hoy como si lo viviera de nuevo. Sólo miraba la ventana al otro lado del parrón, donde los zorzales bajaban a comer las migas de galletas de vino que Camille iba dejando mientras bordaba algún canesú. Algo más allá Rommel daba un saltito en el piso de madera, tantas veces empapado por la lluvia y reseco por el sol, tan desvencijado por el tiempo que bajo el asiento de palo anidaban las arañas; desenterrando la pata que quedaba en el pasto fuera de la terraza. "¡Uok!... ¡uok!" le sonó la garganta mientras daba dos golpecitos con la barbilla sobre su hombro izquierdo. "Es extraño estar siendo olvidado y volver siempre a esta misma escena" concluyó Rubirosa. Le pregunté muchas veces por qué creía estar siendo olvidado, pero sólo repitió esa rara sentencia: "Sólo es extraño volver siempre a aquella escena, sin importar donde esté. De eso voy huyendo". Ese amigo le preguntó si creía que estando solo no habría olvido. "Al menos no se consumará la traición" dijo. "Y por el contrario, siempre se vive solo. ¡Es extraño!".

La micro no tenía fecha ni hora fija de salida, de modo que estuvimos ahí varados, bebiendo vino, y comiendo ulpo espeso mientras el chofer convencía a la mujer de la fonda que dejara a su marido y escapara con él. "Jamás lo hará", quiso convencerlo el marido, pero el chofer alegó entonces que no le convenía hacer el viaje por tres pasajeros. Al pasar de los días Rubirosa comenzó a salir de madrugada con un fajo de papel amarillo contable que encontró en la fonda. En azul y rojo tenía un rayado con columnas que decían "Debe", "Haber", "Saldo". La mujer del encargado le prestó un lápiz Faber HB fiscal con goma en la parte trasera, con bastante uso, pero en buenas condiciones. En el desierto escribía, bajo el parrón de la tertulia, sobre los criadores de llamas, la soledad, y de como rumiar los pensamientos. A veces veía pasar bandadas de flamencos rosados hacia el salar de Atacama, o recogía conchas de moluscos ancestrales que traía de regalo a Otrora. Ella le hizo, con estas, un nido al cisne turquesa. A veces, por las tardes se van de la mano paseando hasta perderse de vista. Por la noche, solos en la pieza que compartíamos lloraba amargamente: "No sabes cuánto me cuesta" decía. "Es extraño que siempre lleguemos a ese parrón tan lejano y no saber en modo alguno por qué, ni siquiera saber si estamos ahí. ¡Es extraño!". Le pregunté, según recuerdo, si acaso quería volver. "Sólo si me olvidaran podría hacerlo. Entonces tal vez volvería a comenzar y podría llevar a Otrora conmigo". Ese amigo acusó a Rubirosa de abusar de la niña y alegó que era hora de volver. "Aquí pierdes el tiempo y abusas de Otrora. ¿De qué te vale?. ¿Crees que te recordarán por eso?" le gritó y emprendió la marcha a pie, otra vez, a Toconao.

Casi estuve de acuerdo con ese amigo, pero me resistí a abandonar a Rubirosa, solo con Otrora. No sé que consecuencias temía más: Si la culpa que corroía al maestro o no, o bien temía por la niña que lo buscaba y de quien nadie se cuidaba. Camille se asomó a la ventana de la pieza de costura con un canesú entre las manos y dirigiéndose a Rommel Miranda dijo. "Él siempre me respetó. Fue como el padre que no tuve, y se casó conmigo por no adoptarme. Hoy es como mi hijo". Norman con un vaso de bebida gaseosa mezclada con mucho ron dorado, rio muy alto y en modo alguno respetuoso. Con los ojos caídos dijo algo que sonó traposo y confuso antes de reír de nuevo. Rommel se golpeó el pecho con la barbilla y de su garganta escapó una especie de gemido: "juiik". Después de hacer varias muecas con los ojos tosió hacia un costado y el otro y dijo en voz casi inaudible: "El respeto consiste en no ...". El final de la frase al menos no lo pudo escuchar nadie. Por alguna razón incomprensible fingí estar de acuerdo. "Tú también me estás olvidando" me dijo Rubirosa con la mirada mas dolorosamente tranquila que le hubiera visto. "¡Jamás!" le respondí sorprendido. Volvió a repetirlo, a pesar que su mirada tranquila ya insistía, pero ahora su voz interrogaba: "¿Tú: También me estás olvidando?". Negué con la cabeza, además de ser rotundo: "¡No!"; subrayé con fuerza. Pero volvió a insistir: "¡Tú también me estás olvidando!" dijo, y señalando a ese amigo que ya era casi una mancha polvosa a lo lejos, agregó moviendo su mano enorme, como si empujara, "¡ándate con él!". Por tercera vez insistí: "No lo haré". Sin sacarme nunca la mirada de encima, me dijo: "Entonces: ¿Por qué me juzgas?". Recién, en ese momento, me di cuenta que un zorzal había cantado tres veces en el parrón.

Rubirosa tomó el fajo de papel contable, al reverso del cual había estado escribiendo, e ignorando a todos quienes estábamos ahí bebiendo y comiendo ulpo espeso en leche de cabra, comenzó a corregir sus escritos. Ese seis de julio a las dos y quince de la madrugada la mujer del encargado del terminal salió de las oficinas interiores subiéndose los calzones, con el pelo revuelto y aspecto cansado y se trepó a la micro. "¡Bien!" gritó por una ventanilla, "¡A qué hora nos vamos de este maldito peladero!". A las dos y cuarenta abandonamos para siempre ese lugar. Otrora nos hacía señas de adiós con su cisne color turquesa

traslúcido y Rubirosa llevaba en sus faldas los manuscritos que luego
se convertirían en su gran obra "El olvido, la culpa, la condena".

Me sobra una escena

Encontré una extraña novela, en el tercer tomo de las Obras Completas de Rubirosa. No sé claramente por qué está ahí, pues el mismo Rubirosa, a quien conozco, y con quien he compartido muchas tertulias bajo el parrón de su casa solariega, donde anidan los zorzales y los chincoles; ha negado su autoría, en público, en privado, y en aquellas tertulias. Recuerdo que Rómmel Miranda lo acosaba con aquéllo, justo cuando Ályson Carrascales volvió después de abandonarlo por Orgüel Fernández, o Norman Gutiérrez. Rubirosa sólo sonreía, y después de beber un sorbo de su Carmenere Tarapacá ex Zabala, decía: "Al menos, sólo diré que no es mi novela".

Es probable, y es la teoría que esgrime Mardoñal en su ensayo "Autor ausente o el desprecio de la propia obra", que haya sido escrita en sus períodos oscuros, cuando era ayudante de cronista en el Periódico de la Revuelta, o bien que efectivamente la haya escrito Ályson mientras fue la amante de Orgüel.

Bien: Todo ello no es asunto mío, sin embargo, sí lo es de Rubirosa, a quien tengo como mi amigo. Sólo diré que comencé a leer la novela a las tres y cuarenta de la madrugada del viernes, y la terminé, sin poder soltarla para comer, dormir u otros menesteres, todos los cuales realicé en forma concurrente; el domingo a las once y siete minutos.

Ya en la página cuatro mil seiscientos trece estaba completamente asqueado. En la siete mil ciento ocho levanté la vista para observar la luz velada del sol, y aproveché de vomitar en la bacinica que el propio Rubirosa me había prestado para que pernoctara en su casa sin privar del baño a Ályson que tenía, en ese tiempo, una fiebre urinaria rebelde. Cuando la terminé, casi sin respiración, tuve la compulsión de comenzarla de nuevo, pero me retuve. La novela trata de un grupo de personas, que al despertar el martes diez y siete de octubre son sorprendidos por la revuelta fascista, iniciada violentamente por los propietarios del capital, con el fin de marginar definitivamente de las instancias de poder a los sindicalistas, a los izquierdistas, y a los liberales, así como a los desposeídos, instaurando la sociedad conservadora. El movimiento bolseniek, que así se hacen llamar los conjurados, ha detenido todas sus industrias, y el transporte, además de cortar las carreteras y algunas vías férreas. Otras continúan en servicio para quienes tengan la credencial de la SOFOPROIN (Sociedad de Fomento de la Producción Industrial, que es una de las instancias gremiales del capital). El único ferrocarril que presta servicio es dirigido personalmente por Antonochek, su accionista controlador, que con un cuerpo de esbirros recorre la vía férrea de Kalamurga a Urssovnia, y de Mangorte a Zurzulia, ajusticiando a toda persona que no sea capaz de justificar ingresos mensuales superiores a tres pahlos (moneda equivalente a algo más de mil veinticuatro lucas).

El estilo y la estructura del relato eran de Rubirosa, o de alguien que conocía profundamente su mano. El tema no carecía de ironía, y ese cinismo agrio que Rubirosa jamás utilizaba, excepto en las tertulias de los viernes, bajo el parrón, cuando comía uvas negras. Así las cosas, a la hora del aperitivo, ataqué al maestro con mis sospechas, y le dije que sus obras completas serían realmente pobres si esta novela fuere decretada apócrifa. "En modo alguno me justificaré" me respondió mientras aireaba el vino de su copa. Insistí, y lo amenacé con desmenuzar aquella novela hasta llegar a los más pequeños resortes de su maquinaria, de modo de dilucidar su autoría; pero sólo me respondió: "En modo alguno me justificaré". Sin tener realmente el convencimiento de lo que hacía, y sólo por cambiar su actitud, me tomé la última copa de carmenere Tarapacá ex Zabala de mil novecientos noventa y ocho, y comencé a desarmar el exordio de la novela, cuando

Eliodoro Macarios reúne a los conjurados de la revuelta de la Plaza de las Industrias. La vista atenta de Rubirosa apretaba cada vez más los ojos entre sus párpados ya tristes por la edad. Cuando hube desmontado el exordio, Rubirosa tosió, y descorchó una nueva botella. Por ver su reacción le pregunté: "¿Maestro, por qué los conjurados sólo beben coñac Le Palle de Roux?". Contestó: "En modo alguno me justificaré", por lo que supe que tendría que desarmar la novela completa, desde la introducción, el prólogo del autor, el del editor, el prólogo apócrifo de la cuarta edición, y la crítica de la edición del domingo tres de julio de mil novecientos cincuenta y cinco, hasta el desenlace en la página ocho mil setecientos cincuenta y tres, y las erratas y adendum de las sesenta y cuatro ediciones, que jamás nadie leyó. Así lo hice, con santa paciencia, y frente a su vista ya cansada por los años de miseria vividos junto a la Carrascales. Ályson, con su fiebre urinaria nos acosaba constantemente. Para el martes, cuando comenzaban a llegar los primeros contertulios, a las cinco y veinte, la tarea estaba concluida, y era del todo claro que el autor de la novela no era Rubirosa, sino yo mismo.

Después de este horroroso ejercicio, me vi en la obligación de armar el artefacto nuevamente, lo que no era en todo caso, tarea fácil, en especial porque la estructura, en extremo complicada, debía sostener tres conflictos políticos, una revolución, ideas sobre modas de época, que tuvieron influencia en el desarrollo cultural hispanoamericano, héroes oligárquicos y universalistas que pretendieron distribuir el territorio europeo unificado de modo diferente, seis anécdotas sobre bataclanas rubias que desembarcaron del Myflower en Nueva Escocia, en el puerto de Halifax, la huida de un tahúr de un juego de cartas, y algunas otras de difícil detalle, todas las cuales forman el conflicto que obliga a los conjurados a decidir que aquel martes de octubre se desataría el movimiento de la revuelta. Fui poniendo las piezas sobre la estructura de la novela en forma muy delicada. Me di cuenta que era más fácil la labor del crítico que destruye que la del genio que construye. Había, en ocasiones, que tener la mano muy firme, para sostener en equilibrio a un reaccionario, mientras se giraba una escena de un radical, de modo que en ningún momento se contrapusieran, lo que habría resultado fatal para todo el desarrollo y la mantención del suspenso necesario, que hacía a ratos pensar que sólo se trataba de una novela policíaca, a pesar de la honda crítica social. Había momentos en que se arriesgaba por completo la obra, y otros en que podía, si no se tenía cuidado, transformar en un folletín rosa, o un pobre súper ventas. A veces había que retroceder y volver a armar en un orden diverso de modo que las piezas calzaran, ajustando como un guante quirúrgico. Rubirosa sonreía y discutía temas vagos, para enseñanza de sus discípulos. A ratos se levantaba de su asiento, no sin antes dar dos palmaditas en el trasero a Ályson Carrascales, que al incorporarse dejaba la rodilla y el muslo de Rubirosa totalmente arrugados; y cortaba un racimo de uvas grandes y negras, que lavaba religiosamente en la llave de agua tras la tercera columna de la izquierda del parrón. Entonces me miraba, casi de soslayo, y sin dirigirse a mi, comentaba, por ejemplo con Wíchita Morales y el Palo Mejías, la imposibilidad de planear una revuelta real sin el concurso de la motivación y el conocimiento profundo; pero siempre en voz bastante alta de manera de distraerme, y añadir dificultad a mi tarea, por demás inútil y voluntaria, nacida del orgullo de aprendiz. "Jamás podrá justificarlo" decía, y arrugaba los ojos tristes hasta que parecían estar formados por una rendija mínima, por donde apenas pasaría una línea leve de luz. Siempre sonreía con algo de ternura. Luego volvía a sentarse, y a poner a la Carrascales sobre su rodilla izquierda.

A las nueve menos diez, un zorzal arrulló su canto tibio. En ese momento vi todo claro, y pedí un coñac Arlésiènne. Miré el horizonte, ya cercano, de mi trabajo, mientras temperaba entre las palmas de las manos el licor, y tuve una sensación extraña. Esa misma que se siente cuando se saca un solitario de naipes, y sin saber por qué, se presiente que no podremos poner la reina de Carreaux. Por una esquina del ojo vi como Rubirosa daba suaves codacitos en las costillas a la Carrascales, mientras con la barbilla señalaba hacia mi trabajo. "Déjalo tranquilo... ¡Ya verás que sí!" le decía ella en voz muy baja, aprovechando de besarle los lóbulos de las orejas.

A las nueve y tres minutos terminé mi trabajo. A pesar de ser noche cerrada, sin luna, y estar el cielo dispuesto para la lluvia, de modo que un viento tibio atravesaba todo el parrón a lo largo, el gallo cantó tres veces, y Rubirosa entonces aplaudió gozoso. Pensé, por un momento en su generosidad, y no en su espíritu sempiternamente burlesco. "Recoge ese tomo de la perdición y el plagio, y ciérralo sobre el cuarto anaquel de la izquierda en mi biblioteca" dijo. "Luego vuelves y recoges esa escena que a mi discípulo favorito le ha sobrado, y que intenta esconder tras las flores del pájaro de fuego, y me la pasas". Ályson cumplió la orden antes que el gallo volviera a cantar. Me sentí traicionado.

Rubirosa leyó entonces: «Greta Wolver, hija mayor de Hermann Wolver, y Asia Molineros, pero, en todo caso no primogénita ni heredera, pues Hermann tenía otras hijas de un matrimonio anterior; se había empeñado, tercamente, como siempre hacía, en ser bailarina de ballet clásico. Nunca le fue difícil aprender piruetas, saltos, movimientos y pasos, por lo que se creía dotada para esta disciplina. Su propia madre, orgullosa la animaba. Durante el primer tiempo se sintió incentivada, en efecto. Aprendía los pasos y movimientos con facilidad. La profesora indicaba: "¡Arabesque!" y el mejor arabesque de todo el grupo era el de Greta. "Voiyez vous cett'example... ¡voiyez!" decía la profesora indicándola, satisfecha.

«De este modo Greta Wolver pasó a ser envidiada del grupo, e imitada, por supuesto. Quien mejor hacía el pas de cheval, en avant ou en glissade, quien más firme llegaba a un coup de pied, o lograba un mejor battement frappé, la que conocía mejor la segunda y quinta posición, siempre era Greta Wolver, y la profesora la tenía de ejemplo: "¡Faittes le comme Greta!", y mirándola a ella con sonrisa le decía: "¡Merci bien mon petite Greta!".

«Las chicas aprendieron, finalmente todas las posiciones, cada uno de los movimientos, y los pasos sueltos, y aunque el mejor grand jette era el de Greta, todas eran capaces de hacer un grand jette, y si la profesora decía "alors cinquième position" todas hacían la quinta posición, pero si alguna quinta posición estaba perfecta, ésa, era seguro la de Greta Wolver.

«Fue cuando empezaron a hilvanar esos pasos y hacer pequeñas coreografías cuando Greta Wolver comenzó su camino al fracaso. "Primero un glissade et un pas battu" ordenaba la profesora. "Alors la jambe gauche s'éleve..." y así iba hilvanando, y concluía "... et pour finir un grand jette". Todas las petites rats hacían sus ejercicios en sincronía y terminaban juntas, bicn fluis, excepto Greta Wolver, que en cada paso tenía que detenerse, pensar, preparar la posición y seguir con el otro, y así sucesivamente, cada fragmento perfecto, pero sin fluidez ni sincronía. "¡Vite!... ¡vite!" le gritaba la profesora. "¡Un deux trois quatre...!" insistía, pero no. Era imposible coordinar para Greta. "Un: cinquième, deux: glissade, trois..." golpeaba la barra junto a la aterrada Greta, pero nada.

Entonces, un día, el tutú negro de la hija del caudillo de la revuelta desapareció. Se registró el bolso de todas las chicas, incluso de los muchachos. Días después, al hacer un pas de deux con el muchacho rubio que todas admiraban a Greta se le escapó un viento en su cara. Todas acusaron entonces a Greta de haber robado el tutú negro de la hija del caudillo. Ella escapó corriendo del Teatro Municipal, y no volvió más: Renunció para siempre al ballet».

Al terminar la lectura, Rubirosa congeló el tiempo sorbiendo largamente su carmenere de Tarapacá ex Zabala. Sólo se oía las tres notas tristes del zorzal en la parra, y la respiración agitada de Rómmel Miranda, al borde de la terraza, sentado en el piso de madera cien veces mojado por la lluvia y el riego, y cien veces seco por el inclemente sol de las tres de la tarde. Entonces el maestro posó su copa en el suelo, y dando un palmazo en el trasero levantó sorpresivamente a la Carrascales, y dijo: "Se planifica toda una novela, se estructura con delicado cuidado, se disimula los giros personales, se disimula el tema, se desliza ideas soslayadas, se esmera la mano en los símbolos, los arquetipos, los íconos, y entonces logras que toda tu gran obra tenga como pivote universal a la bailarina de ballet que frustra su empeño, sumergiéndose en el anonimato y el fracaso, para ser la gran impulsora del movimiento salvador de la humanidad, y viene entonces tu mejor discípulo, el más dilecto, el más amado, al que más tiempo dedicas, al apóstol Juan, que moja el pan contigo en el plato pascual, el que se reclina sobre tu pecho literario, el que come de tus uvas morenas, el que puede amar a tu mujer los jueves, y te cercena de tu gran obra magna, de esa que es tan excelsa que has logrado que ya no te pertenezca; la escena maestra que da sentido a todo lo demás, y la esconde entre los geranios".

Es mi testimonio que Rubirosa no lloró en esa ocasión. Sin embargo, nunca más volvimos a reunirnos bajo ese parrón, del cual en ese momento cayeron tres zorzales muertos sobre su pecho, y se hizo el silencio para siempre. Llegué a olvidar su rostro y su nombre, con vergüenza, por años, hasta que lo reconocí, lo volví a conocer, en el Club Unión Chica.

El Poder y la forma

No siempre, como muchos insisten en creer, se hablaba de literatura. Hubo ocasiones en que el pensamiento claro y nítido de Rubirosa nos guió hacia otros ámbitos que hacían felices a Orgüel o a Rommel y conseguían ofuscar a Norman y a Mehrson. Recuerdo, por ejemplo, cuando hablamos del origen y muy claramente guardo memoria de cuando el maestro introdujo este raro tema con esa frase sencilla: "Todo ha de empezar en algún punto de cualquier especie, Mehrson" le dijo cuando aquél insistía en su siempre manido "Siempre ha sido así. Ya en la antigua Grecia lo era" con lo que solía cerrar muchas discusiones a base de Aristóteles y Platón, o de Plinio el justo y más. "Tendrías que explicarte, entonces" dijo Mehrson, "pues estás postulando el discontinuae natura". Mehrson ganaba puntos muy importantes en cada debate con esta fórmula que siempre Rubirosa combatió por pobre. "¡A mis aprendices con la dialéctica del latinazgo y el nombre antiguo!" decía. Sin embargo la mayoría de los contertulios callaba, derrotados, ante esta fórmula audaz, pues desconocían el supuesto principio, o el giro lingüístico, o al personaje y su cita y tenían temor al ridículo de la ignorancia. Cuantas veces calló a más de alguno con un: "¡La creación del ignorante!".

Rubirosa escupió una pepa de uva negra en la palma de su mano y cogiéndola entre el pulgar y el índice de la otra, cuya última falange estaba curiosamente desalineada en un ángulo extraño debido al golpe en las teclas de la máquina de escribir, y oprimiéndola entre ambos, la lanzó en dirección al jilguero que se empeñaba en un racimo verde que colgaba del parrón. La pepa le dio al centro del pecho y voló espantado piando de sorpresa. Luego enfrentó a Mehrson sólo con la mirada, mientras movía la cabeza afirmativamente. Después de adueñarse del transcurso del tiempo, y cuando el otro ya casi se sentía triunfador, dijo: "La naturaleza sólo es discontinua pues si no de un modo u otro estaríamos siempre de acuerdo a través de un continuo, o al menos seríamos la misma persona; pero todo aquello es otro cuento. Ahora es oportuno hablar de cómo obtenemos ventajas laterales, que ni siquiera nos pertenecen". "Tendrías que explicarte" insistió Mehrson, que no había leído "Biografía de un hombre" donde se relata una biografía ficticia de un oscuro hombre ficticio cuya ridícula voz de pito lo coloca siempre en desventaja en su niñez. "En la constelación del poder" dice en una entrevista supuesta, "mi pobre voz me ponía muy lejos de las órbitas de influencia". Rubirosa comprendió la limitación de Mehrson: "Ésta es, por ejemplo, una ventaja lateral que yo no querré aprovechar" y mirando a Rommel le hizo una seña para que aquél pusiera al tanto a Mehrson.

Rommel se golpeó el hombro izquierdo con la barbilla, dos veces, y emitió un sonido algo así como "¡juik!... ¡juik!" y luego abriendo la boca, redonda y enorme, estiró todo el cuero de la cara y el pescuezo. En seguida repitió todo el gesto hacia el lado derecho y recién entonces carraspeando comenzó a explicar: "Si hubieras leído la Biografía de un hombre sabrías que la voz ridículamente aguda de aquel hombre lo puso siempre, mientras era un niño, en situación desmedrada y era siempre abusado por los otros. Entonces su espíritu se fortaleció y decidió luchar por superarse. Llegó a ser un general de cinco estrellas y a ejercer el poder absoluto como dictador supremo de su país. Siempre se aprovechó de las formas que le daban ventajas laterales para lograrlo. Por ejemplo, como oficial, en el ejército, nunca pareció aventajar a ninguno de sus compañeros que entonces no se cuidaban de él. De esa manera los fue desplazando a todos, hasta que el presidente de la república, presionado por sus enemigos políticos dentro de su propio Partido de la Tercera Revuelta tuvo que descabezar a las fuerzas armadas y nombrar un nuevo comandante en jefe del ejército, que a la vez ejerciera el cargo de ministro del interior. Entonces este hombre, de apariencias indefenso, de voz de pito, que hablaba como campesino y parecía carecer de inteligencia fue el candidato perfecto para ocupar tales posiciones sin amagar el poder del presidente, a la vez que daba garantías a las fuerzas armadas". En la medida que Rommel había ido relatando su resumen del episodio de la "Biografía de un hombre", su voz se había ido extinguiendo hasta llegar casi a ser sinónimo del silencio. A ratos daba un pequeño saltito en el piso de madera de tres patas, tantas veces mojado por la lluvia y tantas veces reseco por el sol y desvencijado por el tiempo, para desenterrar la pata que quedaba fuera del embaldosado de la terraza, sobre el césped de trébol con flores blancas donde siempre ramoneaban las abejas. Se detuvo un momento en el relato y sacudió nervioso la cabeza, levantando un hombro y luego el otro, después, abriendo mucho los ojos miró hacia lo alto como si intentara ver detrás de sí mismo, casi como lo hace un arcángel caído y dijo: "¡Oh... Oh...!" con impecable ritmo y continuó con voz tenue y aspecto tímido: "A los dos meses había derrocado al presidente para rescatar los valores patrios jurados en la primera revuelta por el gran prócer supremo cuya estatua ecuestre se erguía a los pies del palacio de gobierno".

Mehrson se esforzaba por escuchar la narración de Rommel, adelantando todo el cuerpo en la dirección donde aquél estaba, pero perdía dos palabras de cada tres. Rommel continuaba su explicación en voz cada vez más baja, casi un susurro, de cómo un hombre haciendo uso de recursos que no se refieren a una cierta instancia, obtenía enormes poderes sobre ella, avasallando cualquier oposición. "¡Habla más fuerte!" dijo finalmente, exasperado, Mehrson. Rommel abrió mucho la boca y arrugó un ojo mientras miraba, casi como pidiendo auxilio a Rubirosa y sonó: "¡Ou... ou!" a la vez que hacía un gestito con la cabeza.

"Aquí tenemos todos los elementos a los que me refiero, reunidos" dijo Rubirosa y tomo un sorbo de syrah de la copa que tenía al lado. Esta situación comienza con la mención de un argumento falaz: Siempre ha sido así. Ese argumento es un ejercicio de poder primero, luego, quien lo usa se hace sinónimo del argumento y adquiere el poder que éste otorga. Pero el poder no sólo está en el argumento. Éso sólo sucede en la dialéctica. En otro caso como el del general, el disimulo y el engaño hacen el poder. En uno más una discusión se diluye con la convergencia al silencio, otorgando poder a quien maneja ese recurso, como sucede con nuestro estimado y sabio Rommel Miranda". Éste sonrió con satisfacción por el reconocimiento. "Considera esta situación, Mehrson: Se cruzan, en sentidos diversos, caminando en un paseo público una mujer de ropa raída, que lleva una bolsa de género, muy usada, en una mano y las medias arrugadas en las canillas. Su piel es oscura y su pelo muy negro está apenas ordenado. La otra, rubia, de ojos claros y tez blanca; una cartera de cuero cuelga de su hombro y su boca pintada de rojo resalta en el gesto de orgullo de su cara. Una de ellas deberá, por el rumbo que cada cual lleva, ceder el paso a la otra. ¿Quién lo cede, naturalmente?. ¿Quién sigue su camino?".

Mehrson dudó un rato. Intentó buscar alguna fórmula para dar la pasada a la mujer de la bolsa de género raído. Quiso cambiar el sentido de la pregunta y llevarlo a la reivindicación de derechos, o sujetarlo a la arbitrariedad del azar y el caos, aun cuando sus esbozos de una solución no lo convencían en modo alguno. "No veo que importancia tenga un evento tan burdo" dijo finalmente, tratando de desprestigiar el ejercicio propuesto por Rubirosa.

"Ésto es administración de poder. ¿Tiene conciencia del ejercicio del poder, la mujer rubia?. En verdad: No. Sólo tiene conciencia de clase. ¡Ahí comienza la instancia de poder!. No ha existido siempre como intentas decir. La actitud que adoptas es una instancia de administración de poder. Lo mismo sucede cuando dices que no tiene ninguna importancia. ¡Sabes que sí la tiene!".

Mehrson señaló a Rubirosa con un dedo que quería ser acusador. "Tu argumento niega la rebelión del desposeído. Estás avalando una forma de poder genésica, como las derechas fascistas". Su propia frase lo enfervorizó, contrastando con la tranquilidad de la tarde de entrada del verano, con pajaritos jilgueros en las parras, y flores tímidas junto a los muros. Ályson Carrascales en ese tiempo aún no era la favorita de Rubirosa, aún no se sentaba en sus rodillas, pero ya lo había elegido como su ídolo personal: Estaba construyendo el férreo amor que después lo hizo traicionar todos sus principios. Tal vez por eso se incorporó de la silla desde la cual, por aquel tiempo asistía siempre en silencio a las tertulias, y le dio un pisotón con el fino taco de su borceguí a Mehrson. "Él no es un fascista" le gritó salpicándole la cara de escupines, "pero tú eres un insolente".

Rubirosa siempre era acusado de fascista, de trotskista, de recalcitrante, de manchesteriano, eclesiástico, radical de izquierda, librepensador, no comprometido, dubitativo, zigzagueante y tanto más como prescindente, marxista antiguo, neomodernista, maquiaveliano de izquierda, falso progresista, teologista, panteísta, maoísta y otras cosas de difícil recordación como de defender la superchería y el engaño mañoso, o atacar el pensamiento libre y favorecer la censura y raras cosas como llamar a votación sobre los adjetivos calificativos y en fin, que importa qué más y más y más, todo lo cual derivaba también en cuotas de administración de poder según él mismo estaba postulando ahora, pero sin haberlo buscado, o tal vez sí. "Ya lo ves" dijo, mientras Mehrson trataba de aliviar el dolor de su pie. "Éso fue ejercicio de poder. Desde que el poder existe en una sociedad, toda relación entre sus miembros es una ejercicio sobre éste, que conforma un compromiso de jerarquías que constituyen el acuerdo social".

"Así se construyó el nacional socialismo y el integralismo" dijo Mehrson. "Lo ejercen tus hombres de la dictadura de la tercera revuelta y tú a través de tus sofismas". Rubirosa sonrió con un gesto de infinita ternura, como si Mehrson fuera apenas un niño enfrentando a su totémico padre por primera vez: "¿Así ha sido siempre?" preguntó el maestro. "¿O este es un discontinuae natura donde comienza algo nuevo?". "Otra vez zigzagueas en tus argumentos" alegó Mehrson. Rubirosa tiró una uva negra desmenuzada al suelo y de inmediato bajaron dos zorzales a picotear los trozos entre las piernas de los contertulios. Dijo luego: "Aquí hay un acuerdo entre los zorzales y yo. Ese acuerdo me otorga un poder sobre ellos así como la mujer rubia tiene el poder ante la otra. ¿Donde está el origen de ese poder?". Rommel abrió los brazos como queriendo expresar lo obvio de la pregunta, pero perdió el equilibrio al hundirse la pata del piso de madera en la tierra húmeda del césped. Orgüel Fernández dijo al oído de Norman Gutiérrez que estaba a su lado: "Es un típico garlito para hacer caer a

Mehrson". Dergado Arrizola se adelantó a responder, cuando escuchó a Orgüel: "¡Ja!" dijo, "claramente es una trampa. ¿Hablamos de origen causal o del momento en que las cosas comienzan?". "¿Tú, qué crees?, querido Dergado" dijo Rubirosa tirando otra uva destrozada a los zorzales que revolotearon asustados. "Tú dínoslo" respondió Mehrson, con gesto triunfante, creyendo haber cazado al maestro. "Preferiría no hacerlo. Oigamos a Dergado". "El origen del poder es la compulsión ambiciosa. Concluye en las jerarquías a que obedecen tus mujeres y siempre fue así" dijo Dergado. "¡Éso es!" confirmó Miranda que ya había logrado equilibrarse en su piso de madera, casi en la periferia de la tertulia. La Carrascales miró a Rubirosa con gesto amoroso. Desde la ventana de la pieza de costuras, con un canesú a medio bordar, Camille vio amagado su propio poder y gritó: "¿Donde dejaste la almohadilla de las agujas, amor?". La escena bajo el parrón de la tertulia se congeló por un momento, sólo los zorzales volaron espantados por la voz distinta e imperiosa.

"Son formas de poder" dijo Rubirosa quebrando el hielo, "y así, y éste es el origen". Después sólo bebió un sorbo largo de su vino syrah.

El Bar Alberto

El bar Alberto existe desde que soy niño. Cuando uno pasaba por la vereda podía oír la música del piano al pasar ante su puerta semi entornada en el día, creando un misterio fascinante e indescifrable. Con el tiempo, cuando ya deambulaba por el mundo; después de ponerse el sol, aun cuando no tenía edad de merecer, veía que esa puerta casi cerrada se abría de par en par a un zaguán tapizado de terciopelo rojo, y adornado con neones y afiches de mujeres ligeras de ropas. Al fondo dos puertas de batientes, negras, con dos pequeños vidrios redondos al centro sostenían el misterio y le añadían interés.

Cuando, al fin, fui mayor de edad un día entré; solo y de noche. Vi a las palomas de colores desnudarse y prodigar alguna caricia a los parroquianos. Tenía el corazón agitado y los anhelos desbocados como caballos fustigados. Salí ese día con la imagen del pecado asociada a ese bar y comprendí que el original estaba en la ciencia de distinguir lo bueno de lo malo. Pero ésto es otro cuento. Muchos años después entré por primera vez de día al bar Alberto con especial emoción por el recuerdo de aquella pérdida de la ingenuidad. Esta vez aprendí lo que eran los contrapuntos. El zaguán, con sus luces apagadas era lúgubre y las puertas del pecado, negras, con sus miradores redondos, estaban abiertas como para matar la magia de la noche, como cuando el payaso que hace reír a los niños se transforma en el triste pasajero de tren sin sus maquillajes y sus zapatos enormes, sin peluca ni anchos pantalones. En el escenario había un piano detrás de unas rejas pesadas, carcelarias. Al piano se sentaba un hombre casi rubio, de ojos casi azules, de aspecto casi angustioso que fumaba sin parar dando un mejor aspecto de prisión al escenario que una prisión real. El montaje señalaba el arquetipo carcelario, donde el pianista improvisaba variaciones de jazz sobre temas como El Golpe, El Padrino, Bonie y Clyde, y otras, todas relacionadas con encierro, prisión, desventura y fracaso. Quien hubiera leído a Tolstoi comprendería de inmediato, al ver la escena, el por qué del nombre del bar, que siempre pensé que obedecería al del dueño.

Por aquel tiempo el bar Alberto quedaba a pocos pasos de la última estación del metro, con lo que mucho público, los viernes, bajaba de los últimos trenes de la noche y caía hechizado en el Alberto que vivía su época de glorias. Hoy no es así: El metro se ha extendido muchas estaciones y éste es un bar social como tantos, que en la noche, con esfuerzo, monta un espectáculo con bataclanas y desnudistas, pero sus parroquianos se reparten entre borrachitos y bohemios amantes de la tertulia. Alberto, sin embargo, sigue tocando ahí en su cárcel cotidiana, hasta morir tal vez, tal como lo propuso Tolstoi.

Aquel amigo mío y de la pintura, y desde luego de la tertulia y la bohemia me propuso encontrarnos ahí, en el bar Alberto, justo al otro lado de su casa; cruzando el puente elevado sobre el río que venía a aterrizar al parque, y a la vez a un par de estaciones de metro de mi oficina. Ahí hicimos el aperitivo, y descubrimos que había cocina de modo que almorzamos, no de gran lujo, pero sin quejas y continuamos hasta bien entrada la tarde en la sobremesa. Hacia las cuatro y cuarenta el pintor dijo: "Esta es la primera estación de Rubirosa, temprano en la mañana".

Hacía ya muchos años, tal vez quince, quizás más, que había visto por última vez a Rubirosa. Incluso había llegado a olvidarlo y no sabía donde vivía o qué había escrito después de destrozar, yo, sin querer, su gran novela universal y cercenarle una escena fundamental producto de mi juventud e ignorancia. ¡Cuánto tiempo había pasado!. ¡Cuánto había cambiado mi vida y la del maestro!. Sólo deduje, por la aseveración del pintor, que aún vivía en la calle Brescia a pocas cuadras de este bar. Supe, aproveché de preguntar por él, que había estado desterrado en Putre durante la dictadura de la Primera Revuelta, supe que había escrito "Las Herederas" que le había valido la enemistad del gobierno de izquierda y la acusación y tortura de la dictadura, acusado de ser promotor del reivindicacionismo. Me contó que la Segunda Revuelta le permitió volver, pero que había sido despreciado y mirado con recelo por la nueva izquierda, acusado de ser el ideólogo del sistema del empate político. Supe que había sido olvidado de todos, tal como lo había pronosticado en su tercer viaje al norte cuando escribió por primera vez sobre la sociedad y el acuerdo social en "El olvido, la culpa, la condena". Hoy en día era el enemigo intelectual de todos y todos lo acusaban de escribir para el adversario, de manera que se había convertido en el gran enemigo, a pesar que sus ideas eran copiadas por todos y ajustadas a los intereses cotidianos que él mismo nunca cultivaba. Se había convertido en un hombre huraño, solitario, rutinario y olvidado.

A las cinco cincuenta y tres el pintor, que conocía su rutina y había logrado cierta intimidad con él, terminó de contar la historia de aquellos muchos años y más, y me invitó a conocerlo al Bar Unión, el así llamado Unión Chico porque se encontraba en los bajos del edificio del elegante Club de la Unión. El Unión Chico era un bar de distintos tipos de bohemios: Ahí se juntan intelectuales, artistas, jugadores de dominó y dados, ociosos sempiternos y así. En el viaje en metro, asfixiante, íbamos recordando esa extraña novela de Rubirosa. "Las Herederas" son tres mujeres, hijas las tres de distintos padres; que reciben los bienes indisolubles de su madre común por lo que no son repartibles. Ésto las mantiene unidas a veces incluso contra su voluntad. Ninguna tiene confianza en la otra, y todas quieren administrar la herencia. Para lograrlo cada una usa sus propias artimañas en el manejo del poder. Isidora, la mayor, siempre cree tener mejor derecho debido a su posición de tal, pero no logra imponer su criterio sino con algún cierto apoyo, muchas veces a desgano, de la menor, Carmen, de la que en alguna medida es inspiradora y ha sido durante años su protectora contra la segunda hermana, Victoria. Victoria piensa totalmente distinto de Isidora y alega que todas tienen iguales derechos y que ya es tiempo que la administración caiga en sus manos, para reformar todo el estilo de vida de la casa común. De algún modo Carmen admira y casi comparte el criterio de Victoria, pero teme lo radical de sus conceptos y por mantener una mayor moderación apoya a Isidora aun cuando abriga secretas esperanzas de hacerse de las riendas del poder. En algún momento de crisis, Carmen aprovecha de dar el salto para alcanzarlo, pensando que ha llegado su momento. Las tres herederas se enfrentan a la agudización de la crisis sin avisorar una solución. Isidora teme que las posiciones más recalcitrantes de Victoria la lleven a apoderarse de toda la herencia por la fuerza, y cede dando su apoyo a Carmen. La administración de Carmen sólo fortalece las posiciones de Victoria de modo que a la siguiente vuelta ésta logra hacerse del poder con el apoyo débil y cínico de Carmen. Victoria administra los bienes de la hacienda familiar de manera completamente inesperada para las herederas. Participa a la servidumbre de los beneficios, les da privilegios que jamás tuvieron y los libera de muchas de sus obligaciones. Isidora sale a buscar apoyos fuera de la familia y establece una oposición férrea a Victoria, al punto que muchas veces la situación se hace violenta y deben recurrir a la mediación de un árbitro, o a la delegación de algunos poderes de administración de los bienes familiares en el primo Kayser Guillermo que da, de algún modo, garantías a todas. En algún momento la crisis es tal, que el primo Kayser se hace del poder, y somete a las herederas a un régimen de recomposición familiar, inspirado en lo que él asegura es la tradición de sus padres. El régimen despótico, por el bien de las herederas, debería durar sólo mientras se recupera la armonía familiar, pero se va haciendo permanente y el primo Kayser termina siendo el propietario de toda la herencia y del poder. En este proceso logra el apoyo vil de Isidora, que prefiere este régimen que el desorden establecido por Victoria. Si bien siente que ha perdido la propiedad de la herencia, este sistema de cosas le permite disfrutar del usufructo de ella y de grandes beneficios, además de asegurar que las otras herederas no puedan acceder más al gobierno de los bienes familiares. Después de mucho, las dos herederas menores logran engañar al primo, quien acepta someter el poder a la decisión mayoritaria de las herederas, bajo la opinión de la servidumbre que también vive en la casa familiar. Él cree que cuenta, además del apoyo de Isidora, con el de la servidumbre toda, pero se equivoca y debe entregar el poder. En un último intento el primo aconsejado por Isidora, logra pactar un siste-

ma de administración que asegura alianzas permanentes y equilibra-
das entre las dos rebeldes e Isidora. Pero a la larga deriva en la administración permanente y mancomunada de las hermanas menores,
con lo cual se establece otro estilo de sometimiento persistente de una
parte de la casa. De algún modo me recordó a "El Gatopardo", donde
todo se revoluciona para quedar en nada. Aquí la familia atraviesa diversas crisis, todas las cuales sólo hacen cambiar la forma de gobierno
de la casa, cambia el estilo y modo del ejercicio de esa administración
y quien lo ejerce, pero más allá de esa lucha perenne, que en la novela
nunca termina, quienes siempre pagan las consecuencias son aquellos
que dependen de las herederas, todos por igual. A ratos soportan un
poder más agobiante, o más promisorio, o menos justo, o más espe-
ranzador y menos realista, más pacífico o más incierto, pero nunca
llegan las alegrías y felicidades prometidas.

Rubirosa escribió "Las Herederas" durante el gobierno de Armendáriz,
antes del primer Triunfo popular. Muchos creyeron que, en lo que
después, visto a la par de los sucesos vividos, se puede considerar casi
visionario, casi profético; le hacía el juego a la derecha y mostraba
una cara tremendista del proceso democrático del que el país se sentía
tan orgulloso, y a salvo de cualquier riesgo por ese entonces. El agudo
ojo analítico de Rubirosa sólo había hecho un anticipo del curso probable de los acontecimientos, lo que no corresponde a un artista sino,
quizás, a un sociólogo o a la clase política. Tal vez por eso éstos lo
acusaron unánimemente. Unos de estigmatizar a la izquierda, otros
de meterse en lo que no conocía, otros de liviandad de juicio, muchos de ignorante, o aventurero, o le recomendaron dedicarse a las
novelas de detectives, pero todos vieron la alegoría claramente. Cuando tras el primer Triunfo popular se instauró lo que unos llamaron el
sueño cumplido y otros el desorden institucional, o unos más el terror y también la gran equivocación; unos pocos recordaron "Las Herederas" de Rubirosa y creyeron que, en realidad, lo más fatal que podía ocurrir a una sociedad era llegar a un equilibrio paritario de tres
fuerzas que no eran capaces de consensuar acuerdos, sino sólo de
competir por el poder.

A lo largo del relato Rubirosa parece estar de acuerdo con una u otra
posición que sustentan cada una de las herederas o el propio primo

Kayser, aunque nunca como la voz del autor o el narrador, que por demás no es único sino múltiple. Son los personajes los que toman preponderancia y se hacen cercanos al lector implícito que todo autor supone. Es un extraño recurso del autor, con el que creo que intentaba reflejar las señales sociales posibles en cada época, que por demás se fueron también cumpliendo. Es así que el lector tiende a percibir el agobio de los vacíos de poder que genera Victoria en el intento de integrar a la servidumbre al gobierno de la hacienda, o la miserable frustración de un sueño, distinto en cada caso, cuando Carmen no logra consolidar el poder conseguido, que habría sostenido una situación que llegó a creerse promisoria, o cuando Victoria, sin haber triunfado realmente, se cree merecedora de llevar a cabo profundas reformas en la casa que no son toleradas por las demás instancias de poder. Conduce así, a la violencia de Kayser, que frustra la gran utopía de hacer una casa igualitaria, fraterna y justa. El lector va asumiendo el sentido de la utopía incumplible y percibe que la única conclusión es la intervención del primo que todos rechazan, pero ya no pueden impedir. En este punto también, se ve la ingenuidad de Carmen que dice a Isidora: "Esto es una situación pasajera. Sólo nos permitirá ordenar rápidamente la casa". Cuando se produjo, a los pocos años, la Primera revuelta: Violenta, de clara intención de fuerza, hubo algunos que recordaron esa frase, pero muchos no. Sólo se limitaron a repetirla. Los demás, los que recordaron a Rubirosa lo culparon. Dijeron que él, claramente, apoyaba la revuelta del Dictador General, y no sólo eso, sino también intentaba demostrar, en "Las Herederas" que la única solución verdadera era una larga y dura dictadura. El dictador, por su parte, dijo que el nombre de Victoria, por sí solo ameritaba el extrañamiento de Rubirosa y lo mandó a vivir custodiado, sin término de condena, a Putre en los confines del norte del territorio, donde sólo hay un regimiento fronterizo y unas pocas casas de indios. "Las Herederas" ardieron en mil purificadores fuegos hasta que sólo quedaron unos pocos ejemplares extraviados en estantes polvorientos de casas de nadie. Cuando el Dictador General fue engañado por las Cármenes y las Victorias durante la segunda revuelta, que culminó el día de las Alegrías, llamado también el segundo Triunfo popular, Rubirosa volvió ya viejo y cansado, convertido en un hombre huraño. Entró a la casa de la calle Brescia, a cuadras del bar Alberto, se sentó bajo el parrón de la tertulia después de abrir todas las ventanas para ventilar los malos aires, y lloró profundamente. Ahí lo encontró la Carrascales que sólo se sentó suavemente en sus rodillas sin decir palabra. El pintor no sabía si alguna vez había vuelto a reunirse la tertulia. Su presagio se había cumplido y por eso fue odiado. "Las Herederas" previó el sistema maldito del acuerdo forzoso que le quitaba el poder logrado a la servidumbre, dejándole sólo su utopía: Ellos eran el pueblo en la alegoría. Ese día terrible, bajo el parrón, le habría dicho a la Carrascales: "Ellos nunca más me leerán, nadie me conocerá". Las elites y las cúpulas lo leyeron y lo condenaron. Lo acusaron de ser el ideólogo del sistema de los acuerdos forzosos que los favorecía, pero no podían reconocerlo: Rubirosa fue el chivo expiatorio de la cultura.

La Unión chica es un gran campo de batalla de marfiles. El ruido persistente de las fichas de dominó y los dados dentro de los vasos de cuero es una descripción más que clara del ambiente dominante del lugar. Casi todos esos bohemios son jugadores que se pasan días enteros calzando pintas negras en filas largas y contando caras por encima y por debajo que caen en las mesas con estrépito. Los mozos circulan con grandes jarras y botellas que mezclan una y una: Una gingerale con una de vino blanco, y añaden una cubeta de hielo. El estrépito de los hielos es acallado por el de los dados. En extraño contrapunto, unas pocas mesas del fondo acogen sólo el sonido de las voces, ausentes en las otras. Aquí se extraña el batir de dados en el cuero o el azote del marfil sobre la madera: Son los intelectuales que conversan, polemizan, debaten, crean y enloquecen. Entre ellos, solitario en su mesa y tímido como un niño solo, Rubirosa mira sereno la nada, o tal vez su mundo interno. Sólo lo acompañan un clery[3], un fajo de papel contable muy amarillo, sobre el cual reposa una lapicera fuente con tinta verde y más allá un ejemplar muy ajado de "El tambor de hojalata" de Günther Grass, en alemán.

Ese día re—conocí y reconocí, con infinita tristeza a Rubirosa.

---

[3] Clery: Vino blanco mezclado con duraznos en trozos y azucar. Se sirve helado.

Tuve casi la impresión de estar frente a un hombre ciego. No me reconoció y tampoco pareció recordarme o, quizás, tuvo temor de hacerlo. Su voz poderosa y segura había perdido el volumen, sin embargo su bonhomía seguía intacta. Me interrogó, interesado, como si nunca me hubiera conocido, sobre mi obra. Traté de recordarle aquellos tiempos de la tertulia bajo el parrón, pero sonrió lleno de ausencia, como sonríe alguien falto de recuerdos. "¿Cuál era usted?" me dijo, "había tanta gente en ese entonces". Sentí que me ruborizaba y no insistí. Al notarlo dijo en voz tan baja que era casi apenas un pensamiento: "He arrastrado tantas culpas...".

El pintor le preguntó qué escribía, señalando el papel contable con la lapicera encima. Mire los papeles y noté que su letra antes tan lanzada, ágil, segura y rápida se había convertido en otra verde, abigarrada, contenida, pastosa y regresiva. "Nada" explicó, "Sólo es una fantasía sobre las cavas de vino de San Fernando". "¿Las de la Viña Santa Eulalia?" preguntó el pintor. "No, no. Ésas están en Santa Cruz, más hacia la costa. Las de San Fernando están bajo la ciudad y duplican exactamente el mapa de ésta". Sonrió libre y malicioso por primera vez de modo que pareció por un momento ser el mismo de siempre: "Arriba la vida social y las apariencias; abajo las pasiones y los vicios. Bajo la superficie se vive la vida verdadera. Esas cavas, llenas de anaqueles y botellas de vinos finos madurando, como las intenciones y los planes están a cargo del maestro Catalán. ¡Qué hombre sabio!" concluyó. El pintor quiso que se explicara: "¡Expláyese maestro!" le dijo, "usted puede". Casi sin vernos, como si fuera un hombre ciego, pues nunca nos miraba, sino que mantenía la vista luminosamente perdida, tal vez en sus historias, o en su poesía interna, respondió: "No tenemos clery. Pídase otra jarra Tolouse". Recordando sus antiguos gustos le pregunté: "¿No prefiere un buen syrah en una copa de cristal?". "¡Al menos nunca tomaría syrah!" respondió apurado. "Pero antes..." alcancé a decir. "¡Jamás!" me atajó. "Vaya, recuerdo que antes tomaba syrah" insistí, estúpidamente. "Al menos no lo recuerdo". "No, no. Está bien" dije. Insistió: "Al menos no lo recuerdo". Pedimos otra jarra de clery y comenzó a relatar la historia que después, muchos años después se publicaría como "Laberinto" y que dijeron que era un relato lleno de confesiones de culpas, que carecía de cualquier valor literario. "Es sólo una larga confesión de todas sus culpas, que endilga a sus personajes, todos los cuales son de uno u otro modo él mismo" dijo la crítica.

Ya cerca de la medianoche nos fuimos, después de consumir varias jarras de clery. Caminamos hacia el oriente y fuimos reconociendo todos los bares del camino: En el Bar Nacional Pacheco le anotó en la cuenta corriente una copa de vino blanco y se enfrascó en una conversación superficial con el maestro sobre sus aventuras amorosas. Cuando Rubirosa terminó su copa, Pacheco nos regaló otra, por cuenta de la casa y tres empanaditas de queso fritas por cabeza. Estuvimos ahí hasta que Pacheco terminó de contar sus cuitas. Pasamos por La Clínica, un bar anacrónico, de borrachines, que me recordó el de Don Misael cerca de la librería del puente. Aquí nos tomamos un jarro de chicha[4] y continuamos a La Piojera. Después atravesamos el río y visitamos varios bares en los que el pintor era conocido, hasta que en uno de ellos se perdió entre la gente. Algunos reconocieron a Rubirosa y comenzaron a murmurar primero, y después a hablar en voz bastante alta y sin disimulo: "¿Qué hace este fascista aquí?" se preguntó uno. Otro más dijo: "Este escribía para la dictadura y para la iglesia". "Preferiría pensar que es hora de irse" me dijo incorporándose con la mirada perdida y opaca. Volvimos a atravesar el río por el puente que cae sobre el parque, junto al Café Literario, frente al Alberto. En este último me miró por primera vez, con la última luz que le quedaba en los ojos y me dijo: "¿Recuerdas a mi Camille?, ¿cierto?". "¡Cierto!" le respondí "y la Librería de don Manolo y la Seminario y tanto". "Es tan difícil vivir con esa culpa antigua" dijo y se quedó dormido.

Así fue que lo volví a conocer.

---

4 Chicha: Sidra que se hace de la uva.

Esos quince años

Habían pasado quince años o más desde que había visto a Rubirosa la última vez y ahí lo tenía frente a mi como un niño. El no me recordaba. Así lo dijo. Siendo de ese modo y como este relato no es mío sino lo que he rescatado de mi memoria, con esfuerzo, de lo que Rubirosa relataba de la suya propia, que no siempre era la verdad precisa según entendemos, sino muchas veces una metáfora de ella o un relato que la representaba en su profundidad moral, de mejor forma, no me es lícito, sino apenas en aquello de lo que puedo dar fe, contar sobre aquellos quince o tal vez más años (no lo recuerdo con precisión) de manera que no diré casi nada de ellos.

Lo que recuerdo bien, y he podido saber que es verídico y exacto, o bien es posible tan sólo contarlo, es algo de su extrañamiento en Putre que relató mucho después en alguna ocasión cuando la tertulia bajo el parrón ya no era sino una vaga duda y la única prueba real de ella era que Camille seguía manejando sus contratos editoriales con mano avara y precisa, por lo que aún ambos podían vivir con alguna dignidad: Ella en la casa de calle Brescia con su muñeco francés Honoré y él, con la Carrascales, en una pieza de la residencial que la viuda del pintor Mauretti había instalado en su antiguo taller. Ahí no tenía demasiadas comodidades pero tampoco las habría tenido con la pensión de gracia que un premio del gobierno le hubiera otorgado si no hubiera sido el enemigo político de todos ellos.

A Putre viajó en un camión militar, con una capucha negra en la cabeza, de modo que en todo el camino nunca supo quienes le propinaban el castigo que recibió, ni tampoco pudo dar fe de que los otros prisioneros políticos, que supuestamente viajaban con él lo fueran en realidad, o si sólo se trataba de un artificio para tratar de hacerlo confesar culpas en las conversaciones clandestinas sostenidas en el camino. Como sea, nunca ha podido reprimir la emoción y a veces los sollozos cuando recuerda los fusilamientos de Volter Lara, de Juan (Nunca supo nada de este compañero de viaje sino sólo que le habían despedazado las manos y le habían arrancado los ojos y la lengua. Apenas se escuchaban sus gemidos que disimulaba con dolor) y de Evangelista Canuñir, un supuesto guerrillero de Coltauco. Uno de los fusileros no fue capaz de dispararle y erró el tiro, recuerda, dejando herido a Evangelista. Se suscitó una larga discusión entre el coronel Sepúlveda, que iba al mando de la comitiva y el cabo, que se negaba a rematar al herido. Sepúlveda obligó a otro prisionero a dar el tiro de gracia a Evangelista y a asesinar a sangre fría al cabo. El pobre hombre, después de claudicar y cometer dos crímenes deleznables, no se pudo sostener en pie y cayó de rodillas llorando como un niño. Entonces el coronel Sepúlveda le disparó en la nuca. "Nada de esto lo presencié, sólo escuchaba" recuerda Rubirosa, "y me enteraba de los detalles por la conversación de los militares entre risas espeluznantes y amenazas persistentes. A veces llegaba a pensar que todo era simulación para atormentarme: Nunca he creído que pueda existir tanta crueldad. Al menos preferiría no creerlo".

"En Putre conocí a Sepúlveda. Estaba a cargo del destacamento del campamento militar. También conocí a su mejer y a la muchacha del servicio doméstico. Éramos tan pocos en el lugar, que a la larga los condenados y los oficiales militares nos veíamos en la imperiosa necesidad de socializar", contaba. Cuando eran invitados a comer a su casa era imposible negarse: Podía significar una condena, o la desaparición repentina como ocurrió con el periodista Marzán. "Escapó el muy sinvergüenza" habría explicado, con sarcasmo, el coronel cuando no volvieron a saber de él.

En la pequeña iglesia de barro del lugar, el orgullo del señor cura era el campanario con su antiguo carillón de campanas coloniales. La rutina del pueblo se iniciaba temprano con el toque de diana en el campamento militar, al que seguía, después de un rato, el carillón llamando a misa de seis. Misia Olvido (era necesario llamarla con ese anacronismo respetuoso), la mujer del coronel, despertaba sobresaltada con la armonía del llamado religioso. La casa del jefe militar de la zona, la más importante, está en la esquina nororiente de la plaza de armas, un peladero polvoso de unos sesenta metros por lado. En la esquina opuesta se levanta la iglesia, de origen colonial, dedicada a la Virgen del Rosario. El balcón y los ventanales del dormitorio de misia Olvido miran como danzan las cinco campanas que en alguna época arcaica estuvieran recubiertas de oro. La señora prefería dormir hasta bien entrada la mañana, mientras el coronel, según el mismo contaba, tomaba el desayuno en la cama del servicio doméstico. Al oír las campanas se vestía y caminaba la media cuadra que lo separaba del campamento militar, hasta que misia Olvido, hastiada de madrugar con el llamado religioso le envió una esquela al señor cura, con una limosna suculenta, rogando que retrasara la fiesta de su carillón hasta el medio día.

Las relaciones con la iglesia, en tiempos del gobierno de la primera revuelta no eran del todo buenas sino todo lo contrario se inclinaban al recelo y la dificultad, de modo que el señor cura envió de vuelta, con un monaguillo moreno de facciones impasibles y nortinas, vestido de galas eclesiales, llenas de encajes y púrpuras; la esquela y la limosna, acompañadas de una notita en una patena de bronce bruñido. La nota sólo decía: "Lo siento. No hay misa al medio día". El carillón siguió sonando de madrugada con orgullo y rebeldía. Un día, sin embargo, el señor cura fue llamado por un feligrés en situación de muerte, que vivía alejado en el desierto. En el camino solitario, el señor cura resbaló con su bicicleta y se partió la crisma contra una peña. De algún modo misterioso fue reemplazado por un capellán militar que hacía misa a las once y treinta, a la que asistía siempre elegante misia Olvido. El nuevo cura vestía con más boato las estrellas militares de su rango de capitán, que las casullas y estolas litúrgicas.

Rubirosa hablaba con cierto recelo y lejanía, casi culpable, de misia Olvido. Su tono y la figura literaria que construía a su alrededor lo inclinaba a uno a pensar en una mujer mayor, con un fuerte pago de sí misma. Sólo en cierta ocasión en que caminábamos por el Parque Balmaceda al atardecer de alguna primavera, con el sol tibio en nuestras espaldas, pareció abrir cierta ventana de un pasado que se había empeñado en olvidar o negar. Había una joven de aspecto muy elegante sentada frente a la pileta de luces, leyendo un grueso tomo de novelas de Dostoievsky. Al pasar junto a ella reconoció a Rubirosa y lo saludó. Él, que nunca fue parco, y menos con las mujeres jóvenes, pareció turbarse e hizo un saludo rápido y evasivo tocando apenas el ala de su sombrero. "Maestro", le dije "¿No hubiera sido grato conversar con la jovencita un rato?. Se veía preciosa" opiné. "Sí, sí", contestó, "como Olvido". Callamos durante un rato, él nervioso y yo a cada momento más intrigado por la mención de la mujer del coronel sin el infaltable "misia". Como el silencio se prolongaba, me atreví a preguntar: "¿Se refiere a misia Olvido, la mujer del coronel?". El silencio continuó todavía, hasta llegar al Monumento a Rodó de Totila Albert. Dijo Rubirosa, como para separar aguas: "Nuestro Totila tal vez haya puesto a Shakespeare señalando el cielo, desnudo, sobre las espaldas de Rodó". "Ariel y Calibán eran ambos Rodó, sólo que uno era rebelde y sometido, y el otro triunfante señala el cielo europeo" le retruco. "Ambos reflejan la lucha espiritual entre someterse al olvido o triunfar con el espíritu" dice. Me quedo esperando, para invitar a sus confidencias. Él medita en silencio. Así llegamos frente a la estación del metro, que está junto al Bar Alberto. Atravesamos en el semáforo y en mitad de la calle me señala el portal negro. Dice: "Te voy a hablar sobre Olvido... sobre el olvido y la culpa" y me empuja hacia el bar.

Alberto desde detrás de sus rejas saludó a Rubirosa con un gesto triste, sin dejar de pulsar el piano que jugaba eternamente con "Paese mio che stai sulla colina" divagando por las notas hasta perderse en los sueños del viejo atormentado, para despertar de repente en el estribillo "¡Che sarà, che sarà, che sarà!". "Era tan joven" dijo. La mirada gastada pasaba por el lado mío, sin verme. Quizás si sólo evocaba en voz alta, tal vez le era necesario. La mujer del coronel era casi una niña, tanto menor que él, "bastante menor que yo incluso, aunque yo era todavía joven en aquel tiempo". Tal vez si para el militar fuera como una bella pieza de colección. Para los condenados era una especie de hermoso ícono de la opresión, que opacaba la belleza joven de mujer aún tierna. "La veíamos pasar, atravesando el polvo de la plaza como si fuera una condesa de colores, rodeada de cantos dulces de pajaritos. Yo creía oír tintineo de campanitas cuando pasaba suficientemente cerca y olía aromas de almizcle karbardín. Cuando aquello sucedía, siempre me sonreía". Dijo que no era posible, aunque siempre lo intentaba, sustraerse a esa sonrisa de pajarito asustado que parece picotear cerca de sus zapatos. Intencionalmente, Rubirosa, enfriaba su sonrisa y hacía lo posible por saludar al paso, aun cuando ella siempre insistía con alguna pregunta distinta, metida en el saludo, como por ejemplo: "¿Cómo ha estado usted?" o bien "¿Hoy lo veo preocupado?" e incluso en ocasiones más atrevidas podía preguntar: "¿No desea acompañarme a tomar el sol?" y "¿Jamás me contaría sus pensamientos?". Las mujeres muy jóvenes siempre perturbaron a Rubirosa y al fin comenzaban a despertar todos sus anhelos. "Sin embargo tenía perfume de enemigo y algunos decían que el coronel la usaba para sacar información a los presos" me dijo, así es que al menos hacía un esfuerzo por ignorarla. "Todos los presos estábamos solos y sólo los oficiales tenían a sus mujeres, pocas y poco atractivas, además de casi invisibles. Sólo Olvido parecía tener un mundo más ancho que el del cuartel y su casino de oficiales. Era, en todo caso, la única tan joven, tanto que tal vez no congeniaba con las otras. Por su parte el coronel Sepúlveda vivía metido en sus asuntos militares, de manera que salía de casa en la madrugada y no regresaba hasta muy entrada la noche. Los días libres, a falta de actividad en el pueblo, los pasaba jugando dominó en el club de oficiales. Olvido parecía odiar esas partidas y salía a caminar por el desierto calcinado, envuelta en cualquier halo de extraños y deseables pensamientos".

"Era frecuente encontrarla en las sendas de viejos pirquineros, buscadores de metales preciosos, mineros ilusos; que yo también recorría imaginando la vida de esos soñadores, de manera que fue fácil descubrir que era de nuestra estirpe: Otra bella cabecita llena de inventos y locuras. Un día la encontré escarbando el suelo con un trozo de roca filudo, sacando algo que guardaba en un pañuelito".

La vida pone trampas de manera que el curso del destino trazado se hace insoslayable. Aquello que se evita con afán, haciendo conciencia, nos atrapa a veces en un sólo momento de descuido traicionero. "¿Oro puro? le dije al pasar junto a ella". "Mejor: Conchitas de moluscos a cientos de kilómetros del mar, en medio del altiplano" dijo ella. "Si sólo le hubiera dicho: Quien lo creyera; y hubiera seguido mi camino" dijo Rubirosa meneando la cabeza. Cayó en un silencio largo mientras jugaba con su copa de vino tinto syrah. Alberto seguía jugando con la melodía del Paese mío, llenando de colores y ritmos cadenciosos y semi grises las notas del piano. Por un momento pensé que era una curiosa manía estar una tarde eterna jugando a variar, sin repetirse, una misma melodía, con diferentes ritmos que a veces aceleraban y otras se hacían lentísimos. Alcancé a hacer el contrapunto con la monotonía de la vida que llevarían los prisioneros de un campo abierto en medio de la nada y lejos de todo, donde tal vez hasta los propios celadores pagaban alguna condena. Volví entonces el recuerdo a Olvido que había sido siempre, hasta entonces, una especie de anciana rígida, y hoy se convertía en una joven sola que se iba haciendo deseable. "¿Pero...?" dije, para sacar a Rubirosa de su mundo interior. "Nada" dijo. "Me mostró sus cosas y quiso sentarse en mis rodillas". Él le dijo: "Preferiría que no lo hicieras" pero ella sólo sonrió. "A partir de ese día comenzó a mostrarme sus tesoros", dijo. Sonreí. Alberto tocaba, como haciendo malabarismos con el estribillo: "Que será, qué será, qué será: ¿Que será de mi vida? ¿Quien lo sabe?" y se devolvía en vez de continuar como si una risa fuera cascabeleando en medio de la música.

Rubirosa nunca comprometía a otros, en especial a las mujeres, al hablar de su intimidad, de modo que calló y no fue posible que dijera nada más. Pero, antes y después de aquella vez, en muchas ocasiones en nuestras conversaciones sobre lo poco que lograba escribir por aquel tiempo caíamos indefectibles en los recuerdos de su extrañamiento en Putre y a veces dejaba saber algún detalle de lo sucedido. Con ellos he podido construir malamente lo que quizás sucedió, o al menos lo que he llegado a creer sin certeza ninguna.

Aquella no fue la única vez que Olvido encontrara a Rubirosa en medio de la nada, escarbando, como un pirquinero del oro, la tierra y el polvo del desierto. Tampoco es seguro que él no la siguiera. Muchas veces reconoció que al menos en ocasiones el tedio se hacía soportable "con sólo verla caminar por la calle O'Higgins hacia el desierto". El coronel Sepúlveda, por otra parte, se aburría con sus oficiales en el club militar, y muchas veces convidaba a los prisioneros de más cultura a comer a su casa. Tenía "una rara afición por la poesía" afirmaba Rubirosa. "No sabía demasiado de nada, pero le encantaba recitar cierta poesía". Se sabía de memoria el monólogo de Segismundo de "La Vida es sueño" y en ocasiones lo recitaba y se burlaba del dictador repitiendo "Sueña el rey que es rey y con este sueño vive mandando disponiendo y gobernando" y se golpeaba los hombros para recordar las gruesas charreteras del uniforme del tirano. Poco a poco los demás comenzaron a desistir, o talvez ya ni siquiera se les convidaba. Pero Rubirosa seguía asistiendo hasta que llegó a ser el único invitado.

En una ocasión, hablando de otros eventos, confidenció que Olvido abrazaba como mujer rusa: "Se acerca a uno con tal decisión y ardor que te entrega un abrazo duro, sólido como acero y cálido como pan de madrugada. Te contacta con todo su cuerpo". En otro momento reconoció que casi sólo iba a la casa de la esquina de la plaza por ese "contacto franco, que alimenta". Y añadió: "Si no fuera por esos cálidos abrazos tal vez el extrañamiento hubiera sido un suplicio". De hecho sus peores recuerdos son del tiempo en que Olvido se venía a Santiago a parir. Dos veces en todo ese tiempo faltó durante algo más de un año. Los borradores de esa época, que vi en cierta situación, no sólo denotaban una tortura interior casi irresistible, sino que la letra verde al revés del papel de órdenes militares de intendencia, ya muy amarillo, era irregular y regresiva. Cuando ella parió su tercera hija ya no volvió. El coronel Sepúlveda fue ascendido y volvió a la capital. Conoció a su hija de pocos meses, que tenía las manos enormes. Algunas semanas después Sepúlveda se suicidó de un extraño tiro en la nuca. No hubo duda oficial del suicidio, sin embargo sus compañeros de armas murmuraban.

El relevo del coronel, en el campo de prisioneros, el general Araya Llanos, era un hombre sombrío. Bolívar Morales, un opositor encarnizado de las ideas de la primera revuelta, que compartió condena con Rubirosa aseguró que el general ya traía sangre en el ojo con éste, aunque él lo niega y en cierta ocasión que quise tocar el tema sólo me respondió: "Preferiría no recordarlo". Como sea, Bolívar insiste que llegando, Araya Llanos preguntó por "ese prisionero que sirve en intendencia. El que escribe historias detrás de las órdenes militares".

Rubirosa pasó la tarde encerrado con el general y al anochecer algunos prisioneros lo vieron pasar atado de manos y con la cabeza cubierta con un trapo negro, llevado por dos cabos y el general en un vehículo militar, que se perdió rumbo al lecho seco del río Lluta. No fue esta la única incursión que hicieron con él hacia distintos lugares en el desierto. En otras ocasiones lo llevaron a los alrededores de Socoroma, o Zapahuira, Coronel Alcérraca, o al cerro Cosapilla. Cuando ya se recuperaba de una incursión, lo llevaban atado y vendado con un paño negro en los ojos y lo fusilaban en el despoblado. Bolívar Morales asegura que le hicieron simulacros de fusilamiento al menos diez veces. En alguna ocasión creo haber visto, en borradores sueltos, sobre papel militar muy ajado y amarillo, entre las cosas que recuperé de Rubirosa y que conservo en cualquier lugar, un fragmento de relato en primera persona que dice: "... Y ese carajo me ajustició doce veces con un tiro en la nuca a la luz de la luna, de rodillas sobre las piedras del desierto, que nunca vi". Más adelante agrega, después de muchas enmendaduras de tinta verde y tachaduras: "... me decía: Así murió Sepúlveda por tu culpa". Todas aquellas veces, cuenta Bolívar, al volver lo metían atado y encapuchado al infierno. Se trataba de una celda baja, en la que no era posible ponerse de pie, construida en el centro del patio del recinto militar, de adobe de barro y paja, excepto el techo de tejas metálicas. En el día el sol laborioso fustigaba el metal elevando insoportable la temperatura. De noche la luna se miraba en el paisaje, congelando todo, inclemente. "El tercer día se resucita de entre los muertos: Deshidratado, enfermo y ciego, a la intensa luz del mediodía" dijo Morales.

Alberto nunca cantaba. Sólo tocaba el piano enlazando una melodía con otra. Hoy había paseado, al menos durante el rato que habíamos estado rememorando con Rubirosa esos quince años perdidos en que nunca escribió nada, como si se hubiera secado por dentro, ese tiempo en que apenas había garrapateado algunas frases sueltas, o fragmentos de relatos absurdos sin principio ni fin; el Paese mio che stai sulla colina. De repente, como si compartiera algún código secreto con Rubirosa lo quedó mirando fijo, sobre la mirada perdida del escritor y comenzó a cantar, como nunca lo hiciera: "Con me porto una chitarra e se la notte piangerò una nenia del mio paese canterò: Amore mio ti bacio sulla bocca che fu la fonte del mio primo amore. Ti dò un appuntamento dove e quando non lo so io so soltanto che ti aspetterò".

"La última vez que la vi se despidió cantando esta misma canción. Cuando la oigo, cuando la recuerdo siento que esos cerros pelados, ese desierto lunar y polvoso, esa pampa norte, ese pueblo que me tuvo de prisionero, era mi país. Ahí construí culpas y olvido. Ahí le puse un nombre para no recordarla jamás, ni a mi culpa y ella me asalta cada vez que creo haber vencido. Cada vez que comienzo a escribir la escribo". Se metió la mano al bolsillo izquierdo del pecho y sacó una concha de molusco pulida por millones de años de polvo del desierto. "Antes de irse, a hurtadillas me la entregó. Dijo: Guárdemela hasta que nos volvamos a ver". La volvió a meter junto al pecho y dijo: "No he aprendido a deshacerme de ella. Tal vez algún día, como Dickens, la encuentre convertida en una mujer vieja, gruesa y consumida. Quizás entonces vuelva a escribir, puede que entienda mi culpa y el tiempo deje de estar detenido. Entonces sabré quienes son ustedes que me fían sus recuerdos".

El Nombre de las cosas

Por aquel tiempo habían empezado a volver los más íntimos de la tertulia al parrón de la casa de la calle Brescia. Durante tanto tiempo, mientras Rubirosa estuvo en Putre, la casa había permanecido cerrada y sólo Ályson Carrascales la visitaba de tanto en tanto para mantenerla limpia y regar los jardines. Nadie sabía en aquel entonces de su dueño. A veces se oía rumores que decían que lo habían hallado muerto, flotando en el Mapocho, bajo el puente Balmaceda y luego otro aseguraba que estaba en la isla Dawson o también que había escapado por el paso Portezuelo de Las Lágrimas hacia Argentina, ayudado por ciertos arrieros y también alguien decía haberlo visto en San Fernando, donde se escondería en los múltiples laberintos bajo la ciudad, que según él mismo habría contado muchas veces, eran antiguas cavas de vinos, que duplicaban idéntico e inverso el plano de las calles de la superficie. Más de alguno, no recuerdo si fue Norman Gutiérrez o talvez Barton Proboste cuando lo encontré en el lanzamiento del libro Poesía Milenaria de Mardónez Cruchaga, aseguró haber estado ahí con él y haber conocido a Waldo Catalán. Luego, cuando apareció de nuevo, cuando comenzó a correr la noticia que Rubirosa estaba nuevamente en la casa de la calle Brescia y que había sobrevivido al extrañamiento en Putre y que jamás había estado viviendo en Aviñón con Camille, como también se había inventado. Todos dijeron que sabían bien la suerte que había corrido y hasta algunos dijeron que habían estado con él la misma noche que vinieron a buscarlo.

De muchos de nosotros Rubirosa no tenía ningún recuerdo, ni retenía nuestros nombres y siempre volvía a preguntarnos, una y otra vez y al rato ya lo había olvidado. A veces he llegado a pensar que era un reproche que nos hacía por haberlo olvidado. A veces recuerdo esa incursión al Valle de La Luna, cuando prefiguró su abandono: "Me están olvidando" dijo. Luego vino aquella ocasión, que siempre lamenté, cuando escruté aquella extraña novela en la que me sobró una escena. No obstante, nunca me lo ha reprochado, ni ha vuelto a mencionarlo, sólo no puede retener mi nombre. En todo caso tampoco logra recordar el de muchos otros ni parece hacer un esfuerzo. Sólo Rommel Miranda y Ályson Carrascales permanecen muy nítidos en sus recuerdos, y cuando ella no viene a sentarse en sus rodillas, comienza a preguntar donde está, o incluso se levanta y recorre la casa, interminablemente, buscándola. A Rommel lo escucha y observa con atención, como si estudiara sus gestos nerviosos y los extraños sonidos y ruidos que a veces emite cuando se golpea los hombros con la barbilla. Suele referirse a él como "mi estimado Rommel" o como "mi amigo Miranda".

Aquel día, lo recuerdo bien, Angol Vega había traído unos borradores tal vez demasiado surrealistas, o impresionistas, no lo sé bien. En todo caso ninguna frase u oración en el texto tenía sentido alguno y en muchos casos introducía palabras que no existían para nada, como por ejemplo leyó algo así: "Iuramante se aboveció sin refunir maruricos o eurebios. Narie fisto alsún debrieva, pero muy fulamiense escredió aquén. Lo dijo con esa nasalidad esubrida que siempre se acostumbró Talca más tarde. ¿Acaso perensaba que no fera?". A ratos, en el texto, aparecían partes de frases que acercaban algún sentido. Casi nunca. Sin embargo iba construyendo un sentimiento y un significado que sería claro para cualquiera. Incluso se desató una ácida discusión entre Rommel y Orgüel, que venía por primera vez a la tertulia desde que había vuelto Rubirosa, acompañando a Angol. La discusión de ninguna manera versaba sobre la estructura o extrañeza del texto, sino, sorprendentemente sobre lo que el autor afirmaba en él. Orgüel insistía en que Angol no tenía autoridad moral ni intelectual para plantear tal crítica a los inspiradores de la segunda revuelta, mientras que Rommel defendía su derecho, debido a que la discusión no podía centrarse en los aspectos figurativos y filológicos, sino en los motivos y razones argüidas. Durante mucho rato la discusión se alargó inútilmente, sin que ninguno cediera posiciones, y Angol mismo se mantenía en silencio y sólo se limitaba a citarse a sí mismo cuando alguno de los contendientes se lo pedía. No se crea que de algún modo se le pedía explicación o aclaración de conceptos, lo que daba a entender que para los adversarios el texto en forma y contenido había quedado clarísimo.

Algo inesperado, o a lo mejor largamente esperado, ocurrió entonces: Rubirosa que escuchaba con atención, pero con cierta lejanía, como si no tuviera interés alguno en la cuestión y sólo le pareciera un juego pueril, a ratos se levantaba y paseaba mirando las uvas verdes que empezaban a crecer muy a comienzos de temporada, en el parrón. Solía tomar esta actitud desde que había vuelto, como si estuviera ensimismado intentando resolver algún conflicto interno, de manera que nadie esperaba, realmente, que participara de las ideas que se discutía sino sólo queríamos que se sintiera acompañado y también recuperar viejas costumbres que nos eran gratas.

Debo insistir que todo lo que he relatado en esta historia corresponde a las memorias del propio Rubirosa y según él lo ha querido recordar. Hago ahora, aquí esta salvedad pues son muchos los que al leer mis borradores me dicen que me han oído contar este episodio de un modo del todo diferente. Incluso hay algunos escritos míos, que circulan, en los cuales doy una versión distinta y casi opuesta. Aclaro, entonces, que aun cuando Rubirosa y yo mismo concurrimos a este episodio, éste nos ha afectado de modo diverso y por tanto, siendo en el tiempo el mismo suceso es comprensible que sea para ambos del todo diverso. Sigo entonces relatando según recuerda Rubirosa que las cosas han sucedido.

De repente, con infinita delicadeza, levantó su mano enorme y haciendo una pinza que parecía ridícula para manos tan grandes, cogió entre el pulgar y el índice, cuya última falange parecía siempre anquilosada en un ángulo sostenido con el resto del dedo, tal vez producto de la insistente escritura en el teclado de su antigua Underwood, un zarcillo en el que crecían algunas pocas uvas nuevas y lo cortó con cuidado. Luego, en un rincón de la terraza las desgajó y las dispuso en un dibujo geométrico en el suelo. Después regresó a su asiento y se quedó mirando el diseño. La discusión seguía, cada vez en un nivel más elevado, y más ácida de manera que nadie se dio cuenta de lo que había hecho Rubirosa. El diseño consistía de dos heptágonos uno inscrito en el otro, con sus vértices dispuestos en forma tal que a ojo delicado se diría que el segundo dividía los lados del primero exactamente en proporción áurea. Entonces comenzaron a bajar los zorzales. Después de tanto tiempo sin oír sus tres notas dulces, gracias a una rara figura geométrica, los zorzales volvían a esta terraza. Rubirosa rió bajito y dijo: "Es cuestión de nombrar las cosas". La discusión cesó de inmediato; todos los ojos se fijaron en él. Angol, tímidamente, arguyó: "De ninguna forma yo las nombro. Al revés: Todo lo que hago es no nombrarlas sino sugerirlas". "¿Acaso yo nombré a aquellos pajarillos para que vinieran a comer uvas verdes?" dijo entonces Rubirosa. "No. O no lo sé" dijo desorientado, Angol. "¿Cómo te llamas?" preguntó Rubirosa, lo que no extrañó a nadie, tampoco al propio Angol que bien sabía que Rubirosa olvidaba los nombres o los preguntaba repetidamente como una forma de reproche. "Angol Vega" dijo. "¿Y eso cambiaría las cosas?" respondió a su vez, entonces, Rubirosa. "Al menos no lo creería" dijo Angol mostrando su desorientación. "¿Acaso crees que esos zorzales conocen el significado de la magia de un heptágono inscrito en un heptágono cuyos lados divide en una proporción tal que la inversa es una unidad menor?". "Tampoco lo necesitarían" dijo Rommel Miranda sentado en el piso de madera que aún estaba en ese rincón justo al borde de la terraza, casi fuera de la tertulia, con una de sus tres patas clavada en el pasto; y se tironeó los puños de la camisa cuyas mangas parecían estorbarle. "Mi estimado amigo Rommel lo ha dicho del mejor modo. ¿Alguien cree que los zorzales han sido llamados por la geometría?". Hubo silencio. Quise decir que yo lo creía, pero callé. No estaba seguro. Rubirosa me miró sonriendo. Me conocía bien aunque no recordara mi nombre: "Habrá quien apueste a la magia" dijo, "pero los zorzales apuestan a las uvas: Ése es su lenguaje. Así nombran las cosas, tan sólo con el anhelo que estas les producen". "¿Querrá decir que Angol perdió el tiempo intentando expresar lo mismo pero con un lenguaje deconstruido?" preguntó alguien, tal vez Orgüel o Norman. "Veámoslo del modo siguiente" dijo Rubirosa y refirió la historia que sigue, que luego está recogida en el relato "El nombre de las cosas". La versión que recojo aquí no es ni la que yo recuerdo que relató Rubirosa en aquella ocasión, ni tampoco exactamente la que aparece en la obra mencionada, sino la que él mismo insiste en que contó, con ciertos errores de forma y contenido, pero con la fuerza de la espontaneidad, en aquella ocasión. Aclaro en todo caso que lo sorpresivo del hecho permanece intacto pues a esas alturas todos creíamos que nuestro guía y maestro estaba acabado y que adolecía de senilidad temprana, lo que ahora se ve, a la distancia del tiempo, como un error imperdonable. Tal vez el trauma de su experiencia como prisionero político, quizás la esperanza de encontrar a Olvido, tal vez un encuentro furtivo con ella lo cambió todo: No lo sabemos. Sólo puedo relatar lo que él contó aquella tarde y que nadie esperaba. Por comodidad para el lector evitaré encomillar en exceso, sin embargo desde aquí y hasta casi el final de este texto son palabras de Rubirosa, dichas en esa ocasión tan extraña. También hay una conclusión que él mismo obtuvo mucho más tarde:

Al despertar no tenía recuerdos. Hoy cree que tampoco conocimiento alguno, sin embargo podemos dar fe que al menos tenía capacidad y dos: Bien y no. Ambos no tenían sentido ninguno y los consideró absolutamente neutros aun cuando era obvio que significaban cada uno lo que el otro no. Me explico: Bien era bien de no y no era no de bien e inversamente cada uno en relación al otro era bien si el otro era no y era no si el otro bien, incluso cuando cada uno respecto de sí mismo era siempre bien. Ésto es que su único mérito, en cada caso era el opuesto. Nada de ésto tenía explicación en aquel entonces, sino apenas noción en nosotros después del tiempo pero no entonces. Entonces sólo era un hecho cierto que podía expresarse bien. Lo que escapaba a ese ámbito no. Fue necesario darle un sentido y fue su nombre: Lo que agrega es bien o si no es no. Ésto sólo implicó una opción sin sentido sino sólo con forma. Esta forma comenzó a existir tan sólo en ese momento y nunca antes. Se había llegado a crear Bien y No. Y entonces fue bueno para todos de ahí en adelante, o bien según aquella nomenclatura.

A partir de entonces, tan sólo, se pudo construir un darse cuenta pues era posible constituir un limitado distinguir: Bien o No, según si era grato al entender, pero fue necesario distinguir más bien y más no que no fuera nada más uno u otro pues había mas bienes y mas no del todo plurales. Así pues y considerando que bien y no eran apenas opuestos y sin valor ninguno aparte de la oposición, era posible, entonces, cuatro en base a bien bien y no no tanto como bien no y no bien, lo que podía indicar por ejemplo manos y pies o en otro caso moverse adelante, atrás o a los lados alternativamente. De esta forma y en el modo necesario se construyo grupos de bien y no que constaban de un bien o no o de dos o tres y también más. En la medida que se cubría las cosas que se iba encontrando ellas adquirían para sí una configuración de bien y no como se precisa y pasaban a ser así y no de otra forma hasta que llegó a creer que antes eran las configuraciones y luego de ellas nacían las cosas pues llegaron a ser indiferentes. En este momento pudo distinguirse él mismo, de lo otro, pues lo otro tuvo una nomenclatura de no y bien del todo distinta de la propia. Más aún, pudo hacer una nomenclatura de sí mismo que lo representaba sin ser él mismo, tanto que pudo verse a sí como objeto desde el sujeto, tal vez como su no desde su bien. Fue así que todo comenzó a ser distinto: Por ejemplo a un huevo le asociaba huevo que estaba compuesto arbitrariamente de cinco secuencias bien y no, cada una de ellas según sonaba a huevo y lo mismo para gallina con seis secuencias que se estimaba necesario y se discutía si una secuencia de secuencias era previa o posterior en tanto cuanto una secuencia era más breve pero la otra consecuente y no antecedente. Ésto era posible desde el momento que el podía ser sí mismo y también otro mismo distinto. En esta dialéctica entre sí y otro existía una duda clara si antes de la secuencia huevo existía la secuencia gallina y si antes de ambas existían aquellos objetos que obedecían a tales secuencias que los conformaban. Había momentos en que según el devenir de las secuencias en el intento de dilucidar el hecho podía concluir con facilidad que no tenía sentido la existencia del objeto huevo sin un secuencia que fuera su concepto así como la secuencia sol no servía de nada sin alguien a quien iluminar. Será necesario decir que no había secuencia vista ni otra cálido por lo tanto luz y calor eran secuencias aún inútiles.

Primero cada objeto adquirió un nombre, o no se sabe bien si primero se creo secuencias para configurar tantos conceptos como fue necesario contener y luego se creó los objetos requeridos para contener dichas secuencias, lo que, en todo caso, fue lo mismo y no tuvo sentido hacer más sino avenirse al suceso al que por mejor resolver se asignó su propia secuencia de bien y no. De este modo fue posible nombrarla y proceder.

Antes, proceder no era, pues no había bases sólidas para poder hacerlo. Pero luego, una vez que hubo las secuencias y que estas representaron a los objetos que creó para ellas y que fue posible unirlos en grupos de interés unos con otros, como huevo y gallina, entonces ya pudo hacer nuevas secuencias que representaran objetos que justificaban la unión de aquellos como los dichos huevo y gallina que fueron unidos por la cosa nacer a la que se llamó verbo o acción y abarcó muchas entidades que significaban conductas y que benefició una gran cantidad de secuencias que así se relacionaron. De aquí, entonces, velocidad relacionó tiempo y alcanzar, por ejemplo, y de este modo otras muchas. Así sucedió en progresión, lo que también es acción o verbo.

Algunas conjunciones le fueron produciendo mayor satisfacción, que es una acción que requería de motivo. O eventualmente se les rechazó y es lo mismo. Era necesario reflejar aquella nueva clase de objeto que denotaba que uno era antes o superior que otro similar y lo precedía. Primero creó la secuencia mejor y le antepuso malo que reflejaba un caso y otro. Luego se perfeccionó con hermoso, feo, bello, rápido y muchos más que rápido proliferaron y fue necesario dar nombre a la clase de objetos. Seleccionó adjetivo y estuvo bien y fue la convención en lo sucesivo.

De este proceso, en la medida de su refinamiento, nació la vida y de ella los objetos que ejecutaban las acciones y se les asignó la secuencia seres y esta no fue suficiente y entonces de esta se derivó muchas secuencias, todas las cuales eran secuencias vida. En general todas las que tenían procedimientos autónomos y que a su vez eran capaces de colaborar con nuevas secuencias. Algunos objetos de la clase vida creaban nuevas secuencias forma o nuevas secuencias sonido, o musical o baile y tanto más que después se dio en asignar la secuencia genérica lenguaje que era colección de secuencias de secuencias que se dio en llamar palabras y eran nombres de cosas. En este punto el procedimiento de manipulación basado en vida de todo este mecanismo se asigno a una secuencia a la que asoció el objeto humano que fue depositario y era apropiado. Así se llegó a esta clase de cosas como hoy las conocemos.

El proceso humano fue capaz de catalogar distintos conjuntos de secuencias palabras y sus relaciones según la geografía y otras instancias como la sordera o la falta de visión o también la necesidad de enviar las secuencias cada vez más y más lejos ya sea en la secuencia distancia o tiempo, para lo cual se recurrió a crear el concepto medio que acogió a los conceptos transmisión y papel o cable e inalámbrico para superarlas. Hubo, de todas formas otros intentos de soporte de las secuencias progresivas, entre ellos el concepto pájaro que requiere del concepto uvas para asignar a alimento. Pero otras secuencias más complejas no fueron reunidas en el concepto pájaro o animal al que pertenecen huevo y gallina o zorzal y también otros. Por ejemplo geometría. Estas situaciones confundieron al concepto humano que estaba dotado de secuencias razón y abstracción que comprendía estas otras aun cuando no todas. Muchas veces sólo almacena.

Según el alcance del tiempo las secuencias crecieron y se multiplicaron, creando los lenguajes que no sólo suenan sino a veces sólo se ven y son equivalentes entre sí. Ocasionalmente uno a uno en símbolos aun cuando no en conceptos pues las secuencias continúan creándose y produciendo nuevos objetos. Incluso hay lenguajes que no se relacionan sosteniendo la ambigüedad que el número no infinito pero indeterminado de conceptos posibles requiere. Por ejemplo: Aquellos pajaritos se aman no es cierto sino ambiguo. ¿Se aman los pajaritos? sería más cercano pues refleja duda que está contenida en el desconocimiento final. Sin embargo todos los conceptos existen hasta llegar a plantear la posibilidad dudosa. Éste sería el primer paso para la existencia de las cosas. Es equivalente con ¿Razonan los pajaritos?. En algún momento, la persistencia de estas secuencias producirán su derivada: Los pajaritos razonan o los pajaritos se aman. Entonces los pajaritos podrán amar y razonar pero aún no. Hoy la clase pajarito sólo se alimenta de uvas verdes y es feliz.

El proceso que se inicia de dos símbolos cualesquiera pudo iniciarse de quiero y rechazo o puro y contaminado llegando siempre a lo mismo pero muy lentamente. Se ha repetido muchas y muchas veces y lo seguirá haciendo. Sólo por su lentitud es imposible conocer su historia verdadera que es la que se relata, pudiendo ser, también, del todo diferente pero equivalente de manera que no haya distinción ninguna pues no hay pruebas finales que todo sea sólo definiciones asumidas, tanto la materia como el pajarito jilguero y nosotros mismos no somos más que un instrumento de reverberación y eco cuya función sea pensar en el concepto y secuencia tocar, materia, tangible y también vibra como luz y sonido. ¿Acaso el tacto vibra y no hay duro que es la secuencia para el concepto materia que nos confunde tanto y produce nuestra acción?. Si así fuera tal vez sólo exista imagen sobre distintos medios secuenciales, pero no materia y ésta sea sólo una abstracción.

Fue así que se construyó el saber, el recuerdo y el relato.

Una vez que Rubirosa terminó de contar su narración, se hizo un silencio persistente. Entonces se paró y se retiró a su estudio a escribir. Desde entonces no ha dejado de hacerlo ni un solo día. Ályson se encargó de despedirnos a todos besándonos en la mejilla. Nada más.

Mucho tiempo después cuando Angol editó su libro Jurisprudencia, que recogía su literatura deconstruida neoglobalista como la bautizó la crítica, por darle un nombre a un estilo tan diferente, que sin embargo intentaron asimilar al Altazor de Huidobro con una falta de precisión y respeto que el mismo autor reconoció con humildad; en el festejo privado que para él hicimos bajo el parrón de Rubirosa, le preguntó a éste cual había sido el sentido de aquel relato y cómo había hecho su geometría heptagonal para llamar a los zorzales. Rubirosa, como solía hacer, guardó silencio durante mucho rato mientras sonreía. Se llenó su copa de vino tinto syrah, ponderó su aroma y color, acarició con disimulo los pechos de la Carrascales antes de pedirle que se levantara de sus rodillas y luego dijo: "Recuerdo haber dicho que los zorzales hablan sus anhelos. ¿Entenderán de geometría?: Preferiría no saberlo. Ellos venían por las uvas y tal vez eso lo hayan aprendido de aquel que ha sido su abuelo y cantaba en el alféizar de la ventana de Camille sus tres notas dulces. En cuanto a aquel pobre relato: ¿Quién era su protagonista?. ¿Dios?, ¿Todos los hombres?, ¿El primero de ellos?, ¿Un artefacto?, ¿Una nueva literatura? o ¿El lenguaje?. A veces sólo creo que somos apenas un protocolo: Preferiría no creerlo".

A nadie le importa

Bastante tiempo después, cuando tuve acceso a los escritos de esa época de Rubirosa, que había guardado celosamente sin que nadie los viera, me encontré con varias resmas de papel de órdenes de intendencia del ejército, del Vigésimo cuarto regimiento Huamachuco de Putre todas igualmente escritas, por el reverso, con tinta verde de lapicera, con letra insegura y constreñida que comenzaba en cada página con caracteres mínimos que iban creciendo hacia la derecha y hacia abajo, a la vez que declinaban hacia el pesimismo y la confusión, llegando hacia el final de la página a ser desproporcionadamente enormes. Decían siempre lo mismo, en forma reiterada e insistente: "A nadie le importa, a quien le interesa, a nadie le interesa" una y otra vez, una y otra vez, una y otra vez; hoja tras hoja, tras hoja, por resmas y resmas de ordenes de intendencia. Sólo en una de ellas, en el margen derecho, escrita en forma transversal, con letra segura, pesada, sólida y ágil aparece una fecha. Pude averiguar que corresponde a la de la muerte del coronel Sepúlveda. Nunca pude saber si estos papeles habían sido escritos durante el destierro o después. Quiero pensar que los escribió durante el destierro mientras era fusilado diariamente por el sucesor del coronel. Quizás en algún momento tuvo miedo de olvidar la fecha de la muerte del causante de su tortura, y la escribió ahí para recordar.

Todo esto es sólo elucubración, pues no hay nada que certifique su veracidad. La extraña obsesión escrita continúa más allá del término de las órdenes de intendencia y siguen como si nunca se interrumpieran en las típicas hojas que siempre usara Rubirosa, heredadas de la quiebra y cierre definitivo de la librería de don Manolo: Era papel contable de cuatro columnas que decían "Debe Haber Saldo" ya amarillas por el tiempo, que utilizaba por detrás. Había un flujo continuo, de letra verde sobre papel amarillo de mismo contenido, de mismo estilo depresivo que comenzaba cada hoja con letra mínima, como si tuviera temor de decir: "A nadie le importa", que iba cayendo como deshilachada al avanzar hacia la derecha, y abandonándose a la costumbre y a la renuncia del pudor mientras crecía sin destino lenta pero certeramente, hasta terminar en las últimas líneas una letra enorme desesperanzada y denunciante: "A quien le importa a nadie le importa".

A veces me dedicaba tardes enteras a comparar esas páginas y páginas unas con otras y otras intentando encontrar diferencias en el color de la tinta o en la forma de la letra o más, con la intención de descubrir una proyección en el tiempo. No la había. Todo ese papel con esa insistente denuncia obsesiva y reiterada podía haber sido escrito por un loco veloz en una sola tarde, o por un paciente hilvanador verde a lo largo de una vida completa. Como sea, una buena parte de estas páginas tienen que haber sido producidas en la época posterior al destierro, probablemente las de papel contable. Pero son tantas que es casi seguro que las haya escrito concurrentemente con su relato "El nombre de las cosas" después de aquel episodio en que se retiró de la tertulia. El único indicio es otra fecha, esta vez con la misma letra insegura y creciente, perdida entre los "A nadie le importa" en alguna de las innumerables hojas de papel contable, como si la intención fuera mantenerla escondida, casi para sí mismo. La fecha es posterior a la de aquella tertulia, sin embargo nada asegura que no la haya escrito anticipadamente como recordatorio de una cita programada o muy posteriormente para no olvidar un encuentro casual. No lo sabré jamás y el mismo Rubirosa habría preferido no decirlo.

Por esa época Rubirosa salía a hacer largas caminatas solo. Así como en alguna época lo había hecho de librería en librería vendiendo sus obras, ahora peregrinaba de bar en bar. "Siempre encuentra, en alguno de ellos, a uno de sus acólitos que lo acompaña" explicaba Ályson. Así era que podía encontrarlo casualmente en el Torres o el Bassora a las doce del día tomando un potrillo de chicha con el flaco Avendaño que había plagiado dos capítulos de Absalón Absalón de Faulkner antes que se conociera en Chile, haciéndose la fama de gran escritor que jamás lo abandonaría hasta su muerte a los noventa y seis. En ese entonces aún había quienes creían firmemente que Avendaño había renunciado a su novela "El Héroe repudiado" y había vendido aquel magno comienzo al norteamericano, con el compromiso de no escribir jamás de nuevo. Siempre decía que estaba preparando algo superior pero nunca se hacía realidad. Sin embargo su gran cultura, sus dotes de conversador y la creación de trozos de relatos improvisados siempre sostenían una cierta fama y la amistad de todos a través de generaciones de escritores. En otras ocasiones lo podía uno hallar en el antiguo "Gálvez" cerca del taller de Mauretti, con un syrah de Santa Eulalia en una mano de dominó con los hermanos Toro. O también en el bar Nacional, o en uno cualquiera de los muchos de Bellavista, en el Venecia, e incluso en cierta ocasión lo pude divisar de lejos con una joven mujer de ojos alegres y peinado muy ordenado tomando un helado en el Café Paula cerca del Municipal. No bien vio que yo iba hacia ellos, dejó su helado de lúcuma y se despidió apresuradamente de Rubirosa. Pareció huir con una actitud y tono muy elegante, pero como si hubiera sido sorprendida cometiendo una falta. "¡Sí que me gustaría tener esa llegada con las mujeres!" recuerdo que le dije, o tal vez algo parecido. Estaba acostumbrado a que no recordara mi nombre. Sabía que era una actitud de reproche, pero en esta ocasión me miró confuso, como si le costara verdaderamente encajar mi imagen en sus recuerdos. "Es seguro que lo conozco de algún lugar, pero no lo puedo recordar" me dijo, sin invitarme a tomar asiento, ni levantarse a saludar, con lo cual mi posición resultaba del todo incómoda. Le dije mi nombre, sonriendo, seguro de que jugaba, como siempre lo hacía, al reproche consabido. Yo sabía que jugaba, el sabía que yo lo sabía, y el efecto del juego satisfacía a ambos de un distinto modo: Él cobraba una cierta revancha por la ausencia de más de quince años que tuvo que soportar en el olvido de todos, uno pagaba el precio que él pedía y durante un instante mínimo representaba una escena dramática que siempre tenía algún matiz enriquecedor. Pero en esta ocasión parecía estar viviendo en otro estrato diferente que no se conectaba con el mío. "Teniente Pellerano..." me dijo en tono dudoso. Volví a repetir mi nombre y tomé asiento donde había estado la mujer. Su mirada se había ausentado. Di vuelta la cabeza y divisé a la mujer, de un aspecto exquisito que se perdía como una pantera airosa entre la gente por calle Agustinas hacia abajo. "¿Qué sucede Rubirosa?" me atreví a preguntar. Me pareció perdido en el mundo, casi creí verlo tiritar y de inmediato hice negación. Sabía que era un hombre lleno de debilidades humanas. Había convivido tanto con él a lo largo de su vida como para conocerlo bien de modo que sabía que no era una persona que titubeara o se mostrara feble o frágil y sin embargo parecía no poder reponerse del encuentro con la mujer y su conjunción conmigo. Intentó tomar su taza de café, pero le castañeteó contra el plato y la dejo. Se quedó mudo largo rato hasta que mucho después, sin responder nunca a mis preguntas se levantó como si hubiera estado solo todo el rato y enfiló por calle Agustinas hacia el cerro Santa Lucía. No me atreví a seguirlo.

En varias otras ocasiones lo divisé con la misma mujer, pero siempre ella se escurría y el evadía, como si le produjera terror, hablar de ella. A veces, casi siempre, no ver en detalle a una mujer la hace tanto más femenina, tanto más hermosa, tanto más deseable, casi mítica. Llegué a pensar en ella como en la encarnación de un animal salvaje, tal vez una hembra felino que paralogizaba a Rubirosa, su presa. De tanto no llegar a verla, comencé a desearla hasta sexualmente y hubo una época en que trataba de sorprenderlos, o mejor sorprenderla. Intentaba tenderles ciertas emboscadas, o calcular sus encuentros, pero siempre parecía anticiparse.

Por aquel tiempo la tertulia del parrón seguía reuniéndose con la ilusión que Rubirosa participara de ella, sin embargo desde aquel relato y la vuelta de los zorzales, después de sus caminatas Rubirosa volvía, y sin quedarse entre nosotros compartía unos pocos minutos de saludos, en que como siempre volvía a preguntar los nombres de cada uno, salvo el de Rommel Miranda, que se sentaba en el rincón más alejado, en aquel piso de madera de tres patas casi podrido por la lluvia secado mil veces por el sol, bajo el cual se habían criado generaciones de arañas viudas negras tejiendo sus insistentes trampas. De él siempre se acordaba: "Amigo Rommel: ¿Qué descubrimientos sutiles ha hecho hoy con la potencia de su pensamiento?" lo saludaba. Miranda tosía sobre su hombro derecho, primero, sobre el izquierdo después, luego se golpeaba el pecho, dos veces, con la barbilla y sonaba algo como "ougc ougc" y levantando las cejas decía: "Nada, nada. Sólo que tal vez seamos apenas un procedimiento: Lo demás ¡solo ilusión!" y volvía a sonar gutural, algo como "grak grak" tensando el cuello mientras giraba la cabeza a cada lado. Rubirosa reía bajito, le daba dos palmadas en la espalda sin mirarlo y se retiraba: "A escribir, como todos los que buscan el éxito" decía. Tal vez algún día no haya ninguna duda que entonces en la soledad de su escritorio llenaba esas resmas y resmas de hojas y hojas todas iguales con la idea que tal vez le obsesionaba: "A nadie le importa" con tinta verde.

Nunca estará de más insistir en que salvo algunas apreciaciones, relato los recuerdos de los recuerdos que Rubirosa tenía de los eventos descritos, de la manera más fiel posible. Aquellas situaciones que tan sólo él conocía y de las que no ha dado cuenta, como esta obra reiterativa y obsesiva de la que tuve conocimiento después, trato de posicionarlas en contexto reservándome en lo posible mi opinión y sólo poniéndolas en la penumbra casi obscura de la privacidad no descubierta de Rubirosa. He llagado, por ejemplo, a la convicción personal que aquella mujer hermosa con la que Rubirosa mantenía secretos encuentros era Olvido, o como se llamara la viuda del coronel. La jovencita de enormes manos que a veces la esperaba cerca, y de la que nunca supo Rubirosa, debe haber sido la menor de sus hijas, que motivó el extraño suicidio del militar. Según he llegado a calcular, la fecha que se encuentra escondida entre los escritos de Rubirosa correspondería más o menos, o tal vez con precisión, a aquella en que Rubirosa vio a Olvido por última vez y cuando comenzó efectivamente a escribir "El Nombre de las cosas". No obstante él nunca relató nada de estos hechos, por lo que no pueden ser considerados elementos integrales de este relato, sino apenas leves notas marginales. A veces escolios.

El bar Alberto comienza sus funciones a las nueve de la mañana cada día. No quicrc dccir csto quc a csa hora comience a atender público. Es la hora en que los mozos del turno de la mañana ingresan y hacen aseo del lugar que ha quedado sin tocar al cierre de la noche anterior después de horas de lujuria y bebidas, intimidad y tertulia, alegrías, penas y amores. Al final de la noche sólo se cuadra caja y se asegura su contenido. Todos se van, excepto Tolstoi Rivera, el propietario y Alberto el pianista que duerme ahí mismo en su celda. Los mozos despiertan a Tolstoi que da las instrucciones invariantes de cada mañana, marcando el arranque del día y el traqueteo con las mesas y sillas y los trastos y útiles, terminan por despertar a Alberto. Entonces le entregan un balde con agua, un trapo y un escobillón, con el cual debe asear su celda y a sí mismo. Tolstoi juzga el resultado y según éso instruye el desayuno que merece, que siempre consiste de un Barros Jarpa (sandwich de jamón y queso al horno en pan de frika diseñado por el político Ernesto Barros Jarpa muerto durante el levantamiento de la segunda revuelta, a la que se oponía tenazmente: "Caerá solo" decía) y café soluble muy cargado, sin azúcar. El propio Alberto le añade abundante azúcar que guarda de las propinas que le dan los clientes envuelta en un papel de diario ya muy ajado. Todo esto sucede más o menos un cuarto para las diez, después que Alberto ha hecho sus necesidades en un rincón oculto de su celda. Es entonces cuando deben abrir las puertas a la calle para ventilar. A los pocos minutos entra Rubirosa que comienza en el Alberto su itinerario de bares, que termina de ida en el Unión Chica a eso de las cinco de la tarde. Tolstoi Rivera le hace servir su potrillo de chicha y su sandwich chacarero con abundante ají verde. Rubirosa se sienta en la mesa junto a la celda de Alberto y comparten lado a lado de la reja, como si fuera un confesionario, el desayuno. Alberto es su confidente y consejero. Así lo ha reconocido muchas veces y es notorio. Alberto conoce los gustos musicales de Rubirosa, entiende su estilo literario e incluso le colabora puliendo algunos textos que rayan en las servilletas, hasta filtrarlos a su más fina y rica expresión. En ocasiones un diálogo de tres páginas termina expresando lo mismo, pero con infinita mayor profundidad en seis palabras sencillas que parecen ser música. Alberto conoce sus secretos íntimos. Es probable que sepa más que nadie de la vida íntima de Rubirosa, sin embargo, incluso ahora que éste es más una leyenda se niega a rebelar tantas y tantas cosas que arrojarían luz sobre ciertos hechos necesarios, que de otro modo ni siquiera es posible comenzar a mencionar. Siempre he creído que conoce la verdad sobre la mujer de ademanes felinos que desapareció sin dejar ni tan siquiera el rastro de su perfume dulce de manzanitas verdes. ¿Qué pasó con ella?, ¿Por qué Rubirosa no la volvió a ver?, ¿Por qué siempre huía como palomita cuando algún extraño se acercaba a ellos?.

Me he permitido, ¿Por qué no?, llamarla Olvido sea o no la misma Olvido viuda de Sepúlveda, pero siempre me la recordó, aun cuando no conocí a la verdadera y ni siquiera puedo dar fe de que haya existido nunca. Muchas veces me atreví a interrogar a Rubirosa sobre la mujer misteriosa. No sólo lo hice, sino que descaradamente la llamé Olvido, con toda intención. "Porque es Olvido ¿No es cierto?" le decía. Muchos esperarán su respuesta enigmática: "A eso: Preferiría no responder", yo mismo la esperaba. Sabía que esa sola respuesta tenía un significado preciso, sin embargo Rubirosa se cuidaba de no responder. Las primeras veces creía percibir que aumentaba el trémolo de su sorpresa, después sabía que aumentaba, que notaba el peligro pero aun así nunca se traicionó: Me dejaba creer y sólo sonreía. De repente, un día de tantos ella no apareció más. Fue después que había decidido seguirla, saber donde vivía. Abrigaba la secreta esperanza de hablar con ella, que me contara su parte de la historia o incluso (siempre tenemos algún loco deseo escondido) soñaba besarla y amarnos en secreto, o si no, matar la leyenda que me iba agobiando y la hacía tan atractiva. Sabía que podía ser cualquier poetita menor en busca de maestro. Rubirosa gustaba de esas situaciones. Quizás él mismo la despedía cuando me veía aparecer, sólo por crear misterio: "Vivo en literatura" solía decir en esos casos. A veces sentía celos de Alberto que seguramente sabía todos los pormenores, aunque siempre lo negó, pero todos sabían que era confidente y confesor de Rubirosa. Incluso sabía qué música motivaba cuales recuerdos, y en ocasiones se las regalaba. En esas ocasiones se percibía un mutuo entendimiento que casi se podía tocar con los dedos. Uno sabía que estaban conversando sin decir ninguna palabra: Sólo música.

Como ya está dicho, Rubirosa nunca hablaba de su destierro. Sólo muy ocasionalmente dejaba caer algún recuerdo suelto, aislado. Nunca dijo por qué fue condenado a la pena de extrañamiento ni hablo de justicia o abuso. Sólo una vez, y fue sorpresivo para todos, al llegar de vuelta de sus caminatas solitarias en que se encontraba con Olvido dijo: "Me siguen". Yo bromeé, lo mismo que otros: "¿Alta, de ojos alegres y andar felino?". "No", dijo serio. "Inteligencia" concluyó y se retiró a escribir. A nadie le consta esta situación. Muchas veces lo vi, en sus caminatas, atravesar el parque, o cruzando el puente de Purísima, y jamás vi que lo siguieran, sin embargo noté desde entonces, que ya no se encontraba con Olvido. "¿Qué pasó con la mujer?" le pregunté. "A eso preferiría no responder" dijo. Fui, lo reconozco, a escondidas, a hablar con Alberto y como no me diera respuesta, no por saber de Rubirosa sino de Olvido, que ya se había metido en mi capricho, intenté forzarlo a través de Tolstoi Rivera. Pero no fue posible. Nuevamente desearía que quedara claro que estoy transcribiendo recuerdos del relato del propio Rubirosa, incluso cuando a mí mismo se refiere. Quisiera ser fiel al relato más que a los propios hechos, que en definitiva no tendrían, sin su interpretación, valor ninguno. Como sea, dejaré claro que sólo me movía el interés por el antiguo maestro y amigo. Olvido, para mi, siempre fue no más que su verdad: Un espectro, incluso aún dudo de su existencia o que haya sido eliminada por efectivos de inteligencia.

El perseguido

De seguro fue por esa época, si no estoy confundiendo las cosas, que me llamó y me rogó que nos encontráramos a eso de las diez de la mañana en el Bar Alberto. Había cierta alarma en su voz, que me resultó preocupante. En aquel tiempo aún no había encontrado esas resmas y resmas de papel escrito con letra obsesiva, aquel obsesivo texto repetido por páginas y páginas de hojas y hojas de papel militar y contable que me hizo creer que tal vez Rubirosa no estuviera en su sano juicio. En ese entonces me alarmó cuando me dijo que lo vigilaban persistentemente. Estoy seguro que así ha de haber sido pues si ya hubiera visto aquel texto en que ocupaba sus tardes alejado de la tertulia que se desarrollaba bajo su parrón, habría pensado que su alarma era tan sólo parte de aquella paranoia obsesiva que lo hacía sentir un rechazo opresivo de parte de quienes lo habían olvidado, o de quienes veían en él un enemigo intelectual.

"No quisiera andar solo por el universo" dijo, "temo que podría desaparecer sin darme cuenta, como pasó con ella". Para entonces ya hacía algún tiempo que Olvido había desaparecido, no sé si del universo, como explicaba Rubirosa, de lo cual hago fe, pero en todo caso de los encuentros furtivos con él. Se había ido dejando una estela de misterios con aroma a manzanitas verdes y a mujer elegante. También a deseos incumplidos.

Al llegar al bar, frente a la puerta, unos pasos hacia el oriente hay un banco donde eventualmente las ancianas del barrio, o algún vendedor se sienta a descansar o planificar su ruta. Si alguien quisiera buscar un lugar para espiar quienes entran y salen del Alberto, éste sería el sitio escogido. También, por tanto, es la posición en la que nunca nadie se ha fijado, pero donde ahora siempre se descubrirá extraños y sospechosos detalles. Ahí había un tipo con aire de excesiva inocencia. Era como si todos los detalles estuvieran estudiados para justificar su presencia casual. Iba cargado de muchos libros y papeles que parecía ordenar de emergencia, como si los hubiera tenido que recoger del suelo recientemente. El banco le había sido providencial. Los libros le servían para sujetar los montones de papeles sueltos de modo que no se volvieran a escapar con el viento. El accidente de la caída de los papeles lo había retrasado, con toda seguridad, para llegar a alguna reunión de negocios en algún lugar de los alrededores y lo retenía ahí. Le había sido necesario explicar su retraso y por eso su teléfono portátil estaba activo, despidiendo luces intermitentes sobre el asiento. La situación, deplorable por supuesto, lo hacía sentir ridículo sin duda ninguna, de manera que a cada transeúnte que pasaba lo miraba con cara de disculpas, lo que le permitía observarlos sin despertar sospechas.

A veces uno encuentra lo que busca sin que lo encontrado parezca lo buscado sino algo muy diferente, pero la imposibilidad de certificar el encuentro lo hace más y más verdadero. Más aún si lo buscado es temido y representa cierto peligro. Al ver al tipo ahí, ocupado en sus papeles desordenados o en espiar a los transeúntes y tal vez en especial a Rubirosa, tuve la certeza que era cierto que lo seguían y que de seguro al menos sospechaban de él. Por eso, quizás, tuve el impulso de volver a salir a la calle inmediatamente a ver que hacía el espía del banco. Si hubiera estado escribiendo, habría tenido la certeza que anotaba los datos de mi llegada. Si se hubiera puesto de pie habría asegurado que daba el aviso a otro agente por señas. Estaba hablando por su teléfono celular de manera que tuve la seguridad que avisaba que Rubirosa tendría que llegar de un momento a otro. Éso fue en aquel entonces. Hoy no quisiera dar nada por cierto. Tal vez no era nadie en realidad. Sólo diré que ahí estaba cuando salimos, horas más tarde, leyendo con infinita tranquilidad sus papeles ya ordenados, y hablando por el celular. Ni siquiera nos miró.

Mientras llegaba Rubirosa aprendí el protocolo del despertar del bar, y gracias a que pregunté por él, Tolstoi Rivera me obsequió un chacarero con abundante palta y ají verde, y un café negro y dulce. Me senté en la mesa junto a las rejas del calabozo, para conversar con Alberto, a quien acababan, también, de servir el desayuno. "¡Ahí no!" me dijo, "ése es el lugar de Rubirosa". En efecto sentado ahí parecía, respecto del encarcelado, que uno fuera el penitente que venía a descargar la conciencia con su confesor. Así fue que me cambié de lugar, y aunque quedamos algo alejados, a consecuencia de los barrotes del calabozo, estábamos frente a frente lo que me permitía ver su eterna melancolía de músico de jazz. Sobre su mesa, bastante más precaria que la que había de mi lado, estaba el trozo de diario donde guardaba el azúcar que los parroquianos le regalaban a hurtadillas. Alcanzaba a notar la fecha del periódico, de un par de meses. Intenté hablar de música, de jazz, de encierro y más. Alberto me miraba con melancolía infinita y respondía con frases cortas, o breves interjecciones, de modo que me entretuve intentando leer y examinar las fotos del viejo trozo de papel de diario que hacía de azucarero. Sorpresivamente encontré en un recuadro de misceláneos, una foto que parecía ser Olvido, bajo la cual alcancé a leer "Desaparece viuda de coronel su...". No alcanzaba a leer todo el texto, tapado por el azúcar, gastado por el uso y el tiempo, y por lo pequeño de la letra. Intenté preguntar a Alberto, pero se evadió con una expresión sarcástica: "¡Periodistas...!" dijo en tono despreciativo, y doblo y guardó el papel con el azúcar.

Rubirosa era un hombre parsimonioso y paciente. Lo suficiente como para llegar a intimar con los pajaritos salvajes. Pero el hombre que entró esa mañana al bar era otro Rubirosa, extraño y diferente: Al llegar agarró a Tolstoi Rivera por una manga y lo zamarreó con cierta fuerza. Dijo: "¡Ahí están otra vez!; Karchenko en el banco, aquí a la salida, y Gómez Arriaza al frente, en el café literario". Los ojos parecían saltarle de las órbitas. Nunca lo había visto así, tan exaltado. Traía bajo el brazo un cartapacio lleno de papeles contables, escritos en verde por el reverso, que dejó caer. Miró a Alberto y le dijo como si confirmara algo que el otro ya sabía demás: "¡Cualquier día voy a desaparecer yo también!". El otro le respondió, no recuerdo ya exactamente qué, pero algo que no llegué a comprender bien, que me pareció que significaría algo como "Acuéstate con niños y amanecerás mojado". En modo alguno son las palabras exactas, pero creí que aludía a sus encuentros con Olvido. A mi no me saludó sino bastante después de discutir con Alberto sobre algo que no entendí del todo y he olvidado por tanto. "Holaaaa... aá... aá... aá..." me dijo, agitando la mano como si ese gesto le ayudara a recordar mi nombre que no podía encontrar en su memoria. Yo sabía que sólo era un reproche, a pesar de lo exaltado que estaba. "Aquí te traje para que leas" concluyó sin recordar jamás mi nombre, empujando el cartapacio con los escritos en verde.

Era la versión, que luego, con mínimos retoques se publicaría como su gran ensayo "El nombre de las cosas" que en su parte medular incluía el relato del mismo nombre, que contara en aquella ocasión en la tertulia, antes de retirarse a escribir. "Si pudieras conseguirme una mecanógrafa" me rogó, "para alcanzar a terminarlo a tiempo". Quise preguntar: "¿A tiempo de qué?" pero ya hablaba otra vez con Alberto de algo relacionado con aquellos agentes que esperaban afuera.

No lograba entender cual era, con precisión, el tema más aún porque hablaban casi en susurro. Sólo me pareció entender que Alberto reprochaba a Rubirosa su actuación con "esa mujer del prójimo, a pesar de cualquier circunstancia". Éste parecía querer justificarse de uno u otro modo y hablaba ya sea de la mujer o de la muchacha sin que me quedara jamás claro si se trataba de una sola persona o de dos diferentes. Traté, recuerdo, de interpretar que se refería a Olvido y a esa joven que a veces la esperaba a un par de cuadras, cuyas manos enormes llamaban la atención. Pero siempre había cabos sueltos que parecían echar por tierra cualquier conclusión, de modo que no hay manera alguna de decir que obtuve alguna certeza en sentido ninguno. No podría aventurar conclusiones.

Más tarde leí ese ensayo, muy difícil de comprender, más aun por la letra verde que a ratos parecía vacilar y temer sin que la vacilación y el temor guardaran relación alguna con el tema que escribía, o bien yo no llegaba a comprenderlo del todo, lo que es por demás probable.

Mencionaba algún extraño concepto sobre la reflexión interior, que me llamó la atención mientras lo ojeaba ahí mismo en el bar. Hacía cierta analogía con las cáscaras de caracol, que se involucionan vistas desde el exterior pero evolucionan desde el interior al madurar el caracol en su crecimiento. Intenté seguir esa idea, entonces, pero los susurros de Alberto y Rubirosa, con aquellas palabras sueltas, que eran como un rompecabezas del que le fueran pasando piezas, poco a poco, a uno, donde se vislumbraba algún extraño misterio, no me permitían hacerlo. Sólo recuerdo, por la rara sincronía de las cosas, que de repente Alberto mencionó la cáscara de caracol que Olvido le diera antes de irse de Putre. Instintivamente Rubirosa metió su mano en el bolsillo del pecho de la camisa, para constatar la presencia de la concha nacarada. Su expresión fue, lo recuerdo muy bien, de sobrecogida sorpresa: No estaba ahí. Rápidamente se palpó todo el cuerpo y los distintos bolsillos, como si buscara, con desesperación, la cáscara del caracol. Alberto lo tranquilizó en tono bajísimo, aunque creo haber escuchado que le decía: "Se la devolviste el mismo día que desapareció". Me miró, al terminar la frase, que no podría asegurar que fuera esa, o que tenía de ninguna manera ese sentido; de reojo, con un gesto algo torvo, que tal vez sólo imaginé. Muchas veces, después de éso, hablamos con Rubirosa de mi tendencia, que yo por supuesto niego, a entender las cosas de un modo sesgado, que refleja una cierta paranoia. Como sea, he de aceptar la posibilidad, al menos como hipótesis, de que así sea, lo que daría a todas las cosas un sentido del todo distinto.

Ése era, de alguna manera, el tema del escrito que me había entregado. Abordaba desde una innumerable cantidad de puntos de vista lo que diferentes observadores, a veces partícipes, a veces sólo pasivos y externos, a veces apasionados, a veces fríos y analíticos; interpretaban de un mismo suceso. Por ejemplo, planteaba el asesinato de una mujer infiel o el suicidio del engañado, vistos por el frío ojo policial, o por el ojo justo de un juez esforzadamente imparcial y por el del asesino o el de la causante del suicidio. Sin que nunca lo mencionara, hacía al lector ponerse en dudas sobre si el asesinato había sido tal, o realmente suicidio o sobre si el culpable del crimen era uno u otro de los sospechosos, sin, por supuesto llegar jamás a una conclusión, sino a meras reflexiones del significado de las acciones en términos de una verdad cambiante, no con el tiempo sino de lector en lector, o de observador en observador y más. Cada observador, en la trama, tenía razones para interpretar la realidad y la verdad de una u otra forma, cambiándola. Como fuera, las razones de cada cual nunca se referían a los hechos sino por el contrario, siempre a los propios observadores. Muchas veces eran cuestiones morales o éticas, otras se referían a preferencias o a simpatías que ciertas condiciones despertaban en el observador. Todas ellas tendían a afectar de modo extraño al lector, o al menos a mi como tal, desde luego, y lo digo afectado por el fondo de la cuestión que leía, haciendo sentir una cierta pasión, ya sea favorable o adversa, según cada cual y según los postulados planteados en el escrito, de manera que al avanzar en la lectura había instancias en que descubría en mí mismo una intensa rabia debido a las conclusiones de algún personaje o a como se resolvía una situación, mientras que en otros casi me sentía partícipe del triunfo de una postura que compartía. Curiosamente, el narrador de la acción, cuando la había, o, llamémosle el autor, pues claramente siempre se escribía en tercera persona aséptica, aun cuando el modo de desarrollo se hacía del todo una forma de ensayo o reflexión, de manera que nunca el autor se hacía responsable de los sucesos, las ideas, y los postulados. De alguna forma lograba parecer casi un copista.

Curiosamente casi siempre, los personajes del relato llegaban a un punto de quiebre decisivo, en el que invariablemente se hallaban frente a sus más acendrados principios morales o a puntos ciegos en que la vida no les dejaba salida alguna, ya sea en el fracaso más absoluto y doloroso o en la compulsión de cometer las acciones más deleznables en contra de sus propios valores y más. También debían, tantas veces, enfrentar lo insoluble como es el doloroso abandono, o la aceptación de la culpa ajena impensada. Invariablemente cada personaje en estas circunstancias buscaba salidas o explicaciones o hacía acopio de esfuerzos inútiles, hasta el extremo. Entonces se dejaba ir, como quien es vapuleado por un vórtice de agua tormentosa y tumultuosa y después de una larga lucha se deja ahogar. En ese instante la actitud de cada personaje era siempre la misma: ¡A quien le importa!. ¡A nadie le importa!. Era como un desesperado cinismo resiliente, que les permitía aceptarse en la más desmedrada de las situaciones y comenzar otra vez desde el fondo de la inconsecuencia o del fracaso, y también de la desgracia. Era como si con esa frase se destruyera finalmente todo, y a partir de ahí se pudiera construir un nuevo imaginario para un mundo distinto y posible, donde cupieran sus pobres condiciones, como si fueran las antiguas cenizas del Fénix que emprende el vuelo.

Después de mucho rato, en el que yo me formé una idea del contenido del texto que Rubirosa me entregara, mientras él y Alberto hablaban en susurros dejándome oír sólo retazos caídos de su conversación sobre aquellos personajes que esperaban afuera, o sobre quienes lo seguían y el peligro que corría; dijo: "Igual es necesario vivir" y se incorporó con gran dificultad como si toda la conversación lo hubiera cargado de infinitos años que antes no tenía. Se puso ambas manos sobre el pecho, con los codos extendidos hacia los lados y agregó, golpeándose con ellas: "Mientras tenga testigos no pasará nada" y dirigiéndose a mi: "¡Vamos eeeh...!" y terminó con alguna vocalización confusa que reemplazaba mi nombre verdadero que jamás recordaría, aun cuando estoy seguro lo sabía de memoria.

Si bien en el banco seguía sentado el mismo tipo de los papeles, estos ahora estaban perfectamente ordenados y prisioneros bajo los libros, salvo algunos que tenía en la mano y parecía leer. Hablaba por su teléfono portátil, distraídamente, como si dictara algo escrito en los papeles, de manera que no pareció percatarse de nuestra salida en ningún momento. Recuerdo con precisión que tenía tomado el celular con su mano derecha, de manera que no sé cómo tuve la certeza de que hablaba distendido y sonriente, pues la mano y el brazo de seguro ocultaban la expresión de su cara y tampoco se volvió nunca, que yo viera, hacia nosotros. No obstante, Rubirosa, una vez que nos alejamos unos pasos me aseguró que estaba avisando a Gómez Arriaza, "ese que está allá a la entrada del café literario, en el parque. ¿Lo ves?". Alcancé a distinguir a un hombre rigurosamente bien vestido y formal, de anteojos de marco casi invisible que le daban un toque intelectual (esto lo vi al cruzarnos más tarde) que también parecía hablar por un celular, aun cuando a la distancia no lo podía averiguar. Al acercarnos ya parecía haber terminado la conversación. Intenté volverme para ver si Karchenko aún estaba en el banco y si todavía hablaba por teléfono, pero no lo logré ya que el follaje de los árboles del parque me tapaban y Rubirosa me dio un tirón en el brazo para que no lo hiciera: "¡No!" me dijo, "nos vigilan". Atravesamos sobre el río por el puente mirador, para peatones, donde desde lo alto los niños escupen a los autos que pasan raudos por la costanera, o a las gaviotas que comen palomas en la ribera del Mapocho. Recorrimos los bares de rigor: Una chicha aquí, un pipeño allá, en algún lugar más bohemio, de mejor pelo, nos servimos algún syrah tinto de Santa Eulalia y fuimos de a poco bajando hasta volver al lado sur en la Estación Mapocho. En todas partes Rubirosa era reconocido y la gente lo detenía para conversar, sin embargo su actitud era distinta: Siempre parecía querer ocultar la cara y varias veces me señaló a alguien que reconocía como sus seguidores: "Ese es el Gordo León Bravo" decía, o bien: "¡Por supuesto! Sólo nos faltaba el Ronald Mac Donald" y señalaba con un movimiento de la barbilla a un tipo flaco, de pelo rojizo y abundante que fumaba en actitud de espera, en la vereda opuesta. El tal Ronald no parecía ocuparse para nada de nosotros, pero Rubirosa prefirió saltarse "La Piojera" y "La Clínica". "Ahí siempre hay riñas y después dicen que te acuchillaron por cuestiones de putas" aseguró.

Almorzamos en el "Unión Chica" hablando de los viejos compañeros de la antigua tertulia del parrón. Recordamos a La Flaca Manzur, que "No sabía nada de poesía, pero era tan caliente" y a Tulio Maderos que abandonó al grupo después de romperle la nariz a Norman Gutiérrez porque rebeló el seudónimo con que escribía la sátira del Heraldo y otros tantos más. Cuando terminamos el café Rubirosa sacó las servilletas de papel de su sujetador y su lapicera de tinta verde. Dijo: "¡Lee!" y golpeó con la lapicera sobre el cartapacio que me había dado, en seguida se puso a garrapatear sobre las servilletas. A veces las arrugaba y las dejaba en el cenicero, cuando se juntaban, encendía un fósforo y las quemaba. Otras las iba separando en un montón ordenado. Cuando había leído un buen tramo me dijo: "¡Fantástico! ¿Ah?. ¿Podrías tú hacer algo así?" y me quedó mirando con esa expresión serena que hacía mucho, tal vez más de quince años, que no le veía. Me alegré de verlo otra vez en esa actitud segura que había perdido hacía mucho y que parecía alejarse cada día, sin embargo sabía que era efímera y le estaba costando un gran esfuerzo. No era en modo alguno el Rubirosa que iba siempre mirando hacia atrás por la calle, buscando donde estaban sus perseguidores. Tampoco el escéptico y depresivo ensayo o novela, o lo que fuera que me había dado a leer, reflejaban al hombre que me hacía esa aseveración tan segura, de modo que sentí una cierta preocupación al ver el contraste y el esfuerzo por afirmarse. Dije que dudaba de lograrlo.

"¿Te das cuenta como no existe una realidad objetiva sino que siempre es diversa y subjetiva?" dijo, siempre con la misma actitud segura y distinta. Discutimos ese tema durante un rato, aun cuando yo quería llevarlo a ese punto en que siempre convergían los relatos y personajes, en el fracaso y la imposibilidad de asir las cosas en su verdadero sentido, hasta que perdían todo instinto de lucha. Entonces cada historia parecía transformarse en aquel relato, que era central en esta obra, del nombre que se daba a cada cosa, partiendo de la misma nulidad de la aceptación. Todo se iniciaba en aquella extraña actitud frente al fracaso profundo: "A nadie le importa". De ahí cada cosa adquiría un sentido diferente del que había evidenciado hasta entonces, partiendo de palabras vacías que parecían dar la primera vida a los objetos, a las emociones, a las sensaciones y más. "Es bello" decía, por ejemplo, una mujer después de haber luchado años y años por su hijo defectuoso y baldado de nacimiento, que había sido violado y asesinado salvajemente por el jardinero, después de sepultarlo, sentada junto al gran muro donde se metían, como si fuera una especie de armario, los cuerpos sin vida de tantos seres idos. Su vista caía, con cansancio, sobre un pequeño tarro de lata en el que había depositado un geranio rojo. No se sabía si se refería a su hijo o al geranio. La piedad que llegaba uno a sentir por la mujer lo hacía sentir que se refería al hijo, al que, sin embargo, el narrador había descrito a lo largo de la historia como una especie de monstruo horroroso, cuya muerte salvaje había desfigurado aún más. De la ambigüedad de esa expresión: "Es bello", que no iba dirigida con precisión a nada, la mujer parecía reiniciar su vida entera. Ese "bello" era el primer nombre con el cual se tejía todos los otros y la tarde de sol adquiría entonces la belleza del geranio, o de la maternidad a ultranza, o tal vez de la vida misma, o de la comprensión de la compulsión del jardinero asesino o incluso el perdón. Sin alargar el relato, la historia se llenaba de sugerencias que el autor dejaba flotando mientras la silueta de la mujer se confundía con un ángel de mármol a los pies del cual una frase casi estrambótica iniciaba una nueva historia que volvía a realizar el mismo ciclo que llevaba siempre al fracaso profundo y al "A quien le importa", ahora con la vida del jardinero asesino cuya compulsión por violar al niño le era inevitable y hasta necesaria, hasta llegar al más odioso crimen que volvía a converger en el "¡No me importa! ¡A quien le interesa!".

Le pregunté, finalmente, qué sentido tenía que todos los relatos convergieran al fracaso, y a la pérdida total. "De ahí se comienza a nombrar las cosas" dijo. Insistí, porque no me parecía compartir su idea, o creía no comprenderla, sino apenas ver poesía en sus relatos pero sin una comprensión pensaba que tal vez sólo fuera ritmo, y virtud manipulando las palabras y una cierta penumbra que difuminaba cualquier idea, tal vez porque no había ninguna. Así se lo dije.

Se molestó. Dijo: "Llevo años enseñándote, te he convertido en mi protegido y no entiendes, todavía, nada". Volví a insistir que era necesaria una explicación para ver más allá de la belleza y encontrar el contenido esencial, si lo había. Llegué a preguntar si quizás no había un sentido en todo eso, sino una misma historia contada muchas veces en otras analogías diversas. Por alguna razón sentí cierta pasión y quise arrinconarlo, quisiera pensar que quería sacar desde su interior al Rubirosa que había admirado antiguamente. Quizás por castigarlo le dije que tal vez todo su trabajo no fuera más que ruido impresionante.

— Si las cosas tuvieran un nombre único y una palabra con otra siempre reflejaran un mismo concepto, ya me habrías comprendido y no habría escrito nada. Tampoco habría fracasado como lo he hecho y doy gracias por ello — dijo, mirándome con algún dejo de tristeza limpia —. No sabes cuanta culpa llevo guardada — continuó — por ella he tenido que entrar por el espiral de mi propia cáscara hasta llegar al más profundo vértice, y todo el recorrido es el mismo que habré de hacer para salir y sin embargo es un camino completamente distinto y más pesado: Entras lleno de soberbia que te pesa, y sales desnudo como un zorzal. Entonces cada nombre de cada cosa, cada sentimiento, tiene un sentido diferente. Tal vez la lujuria llegue a llamarse amor, o el crimen tome el nombre de justicia, o la venganza se llame libertad y la furia: perdón. No lo sé. Sólo sé que la unión de tantas palabras que se listan con un significado que quiere ser preciso nunca resulta en un único sentido. Esto que digo no es lo mismo para ti que para mi. Tal vez yo venga de salida en el espiral y tu jamás llegues a entrar en él. Es posible que por eso no veas sino penumbras.

Me quitó el cartapacio, y buscó el relato que había hecho aquella tarde de tertulia sobre aquel alguien que despertaba y comenzaba a nombrar las cosas.
— Esta es la salida. ¿Lo ves?. Aquí se funda un lenguaje después de llegar a la inconsciencia. Por eso cualquier relato converge en el inicio de éste —. Volvió las páginas al relato que había estado leyendo, sobre la mujer que refiriéndose a su hijo violado y asesinado, o quizás al geranio rojo en el tarro de lata decía en el final de su fracaso: "Es bello" — ¿Este estabas leyendo? — preguntó y sin esperar respuesta continuó —: ¿Qué ves en la mujer?. No hay ira por el sufrimiento con que la cargó la vida, ni por la inutilidad de su esfuerzo, ni por el amor arrebatado en un feroz crimen. Sólo despierta en el vértice último de su tragedia vacía y comienza a dar nombre a las cosas: "Es bello" dice. Su historia continúa, como todas las otras en el regreso construyendo de nuevo un lenguaje para conocer todas las cosas que serán al menos diversas: Se ha muerto y se resucita.

En ese momento, eran algo más de las cinco de la tarde, llegó a nuestra mesa Malcom Robles del Campo con un jarro de clery en una mano y varios vasos en la otra. Sin preguntar se sentó con nosotros y dijo que nuestra mesa necesitaba animarse. Siempre reía con enormes dientes. Distribuyó los vasos frente a cada uno y sirvió, adueñándose de la escena, como siempre hacía. Rubirosa decía que era un magnífico relacionador público y que sólo por eso había conseguido el premio nacional de literatura en tiempos de la primera revuelta. Apartó el vaso que le había servido empujándolo con el dedo meñique y un gesto de desagrado, lo que Robles del Campo no pareció notar: "Brindemos por la alegría de encontrarnos aquí" dijo y chocó su vaso contra el mío que permanecía sobre la mesa. Me sentí compelido por tanta admonición social y levanté el vaso: Bebí con él.

Hago ahora una digresión necesaria. El relato de Rubirosa dice que no podía recordar mi nombre, pero que era tan sólo un expediente para castigar a quienes lo habían olvidado. El sabe bien, cuando dice esto, que yo no lo había olvidado, o bien sabe que si así fue, no fue mi olvido sino sólo producto de un error por el que hube de apartarme de las tertulias en su casa, que ya ha sido relatado y no obedecen a una traición ni hubo en ello ningún dividendo sino sólo una profunda pena para mi. No es verdad, sino apenas en su relato, que el fingiera no recordar mi nombre. Al menos no lo recuerdo así. Rubirosa me incluyó en ese castigo a partir de esta reunión en que levanté mi vaso y brindé, equivocadamente, con Robles del Campo, aun cuando en su relato insiste en adelantar el castigo, tal vez por exceso de dolor equivocado o por una cierta rigurosidad rígida que había ido adquiriendo. Como quiera que sea, he querido respetar su relato sin emitir juicios y así continúo. También aclaro que no me devolvió el manuscrito sobre El Nombre de las Cosas y no participé ni en su corrección a su versión publicada final como tampoco en modo alguno en el trabajo de dactilografía del original como me había pedido. Sólo llegué a leerlo completo bastante tiempo después cuando fue publicado aquí. Eso fue mucho después de su edición en Europa donde Camille era su agente. Algunos amigos, como Rommel Miranda y Angol Vega, recibieron de ella, o de Rubirosa, una copia de esa edición. Yo no.

Rubirosa se incorporó y dijo: "Ya es necesario irse" y mirándome con una expresión perentoria casi me ordenó: "¡Tú: Vamos. Te comprometiste a acompañarme". Mas tarde, en el Bar Nacional, donde hacía la primera escala de retorno, después de hacer el camino en hosco silencio, dirigiéndose más bien a Pacheco, aunque con la intención de hablarme a mi, explicó que Robles del Campo pagaba su premio como soplón de la inteligencia de los conjurados y que era uno de los que siempre lo seguía desde hace un tiempo: "¡Jamás levantaría una copa con él! ¿Y tú?" le preguntó a Pacheco. "¡Nunca, pues!" respondió éste, mirándome.

Durante el resto del recorrido apenas habló y al llegar a su casa me despidió en la puerta, aun cuando se oía las voces de la gente reunida, como siempre, atrás en el parrón. Dijo alguna vaguedad y palmoteándome el hombro me empujó hacia afuera. "Llévatelo" dijo, y me pasó el manuscrito en verde, que devolví después de unos días sin leer. Él entró seguido de pajaritos que revoloteaban sobre su cabeza.

El rencor más ancho o profundo

La memoria es la defensa, feble por lo demás, contra el paso del tiempo y habiendo pasado ya tanto, no tengo recuerdo claro de manera que puede o no ser cierto lo que sostengo o tal vez el relato de Rubirosa esté en la razón. Creo que no habrían pasado más de tres o cuatro días desde que me despidiera en la puerta de su casa, negándome el paso a la tertulia bajo su parrón, por haber alzado un vaso de clery que Robles del Campo me obsequiara, cuando quiso brindar con nosotros. El testimonio de Rubirosa sostiene que no fueron menos de veinte o veinticinco días, que resultó, por demás, poco castigo a la traición de brindar con un sabido enemigo y soplón de sus perseguidores. Si no hubiera sido absolutamente necesario llamarme, "no lo habría hecho jamás o al menos en mucho tiempo" dijo.

Como quiera que sea, dice que siempre creí; aun cuando muchas veces quiso, él, desmentirlo; que su rencor era mucho más ancho que profundo y estaba basado en una forma literaria de vivir la vida que le era por completo indispensable. Por de pronto olvidaba los enojos al ritmo de sus requerimientos, aun cuando siempre conservaba instancias para sostenerlo, como aquello de no recordar el nombre o hacerse acompañar de un acólito antipático con tal de no recurrir a aquel a quien castigaba, sin importar si el castigado resultaba ser él mismo.

Era un atardecer rojo cuando recibí esa llamada de Rubirosa que en todo caso no esperaba: "Estoy aquí cerca. Necesito que vengas a buscarme: Estoy solo". Dijo que estaba en la esquina de la Discordia con la Casa del derrocado, y pareció enojarse, aunque yo sabía que era una manera de manifestar la renuncia a sus rencores, o una forma de sostener el reproche; cuando no comprendí donde quedaba ese lugar. "No sabes nada de metáforas: Pobre escritor" me agregó, con cierto tono de desprecio falso, siempre a modo de castigo. Luego me indicó que estaba en la Avenida Once de Septiembre, por cuyo nombre se han trenzado los partidarios de todos en insensatas luchas bizantinas hasta que se pusieron de acuerdo en que la fecha servía para festejar una liberación o un martirio salvificador, según quien transitara por la avenida. "Estoy en la esquina con Guardia Vieja" donde tuvo, antes del triunfo popular, su casa el presidente caído en la primera revuelta. No comprendí qué podía estar haciendo solo, en una esquina tan alejada de sus rutinas. "¿Donde podría estar en un día así, con este cielo ensangrentado?" preguntó y urgió a que me apurara: "Recuerda que siempre me siguen" dijo y cortó el teléfono.

Caminé el par de cuadras que me separaban de esa esquina, en la que hay tres o cuatro restoranes de comida rápida, que comparten una infinidad de mesitas en la vereda. En una de ellas había una revolución de palomas tullidas, sin dedos en las patas, con una sola ala, o con mutilaciones sorprendentes a causa de su vida urbana y antinatural, que hostigaban, junto con bandadas de gorriones, a dos parroquianos que ocupaban una mesa de la que todos los demás se habían alejado. Tuve que empujar y forzar a un par de ellas para que dejaran libre la silla en que me senté junto a Rubirosa y a ese amigo que siempre estaba a su derecha en las tertulias y lo acosaba cada vez que él sostenía cualquier argumento. Una paloma y un gorrión se disputaban restos de algo que Rubirosa les daba en su mano, y otra, que sólo tenía patas, pero no pies, posada sobre su hombro le picoteaba insistentemente el pabellón de la oreja intentando arrancarle el vello que ahí le crecía. Rubirosa miraba gozoso cómo los pajarotes evolucionaban en torno, entre aleteos y picotazos. Muchos de ellos se habían cagado en su chaqueta y sobre la mesa. Había, así mismo, varios vasos de cerveza vacíos y algún plato con restos de comida que los pájaros se disputaban. Ese amigo sostenía por el asa un schop medio lleno, del que, después de saludar bebió un largo sorbo. Dijo: "Voy al retrete" y se fue tambaleando entre las mesas hasta perderse en el interior de uno de los restoranes. Nunca volvió. Rubirosa no le dio importancia: "Siempre es así". Él tenía una copa de vino tinto al frente, aun cuando en ninguno de estos restoranes se vendía. "La compré algunas cuadras más arriba" aseguró. "Fue sólo una distracción" agregó, "además que aquel bar demasiado fino era muy solitario", por eso, dijo, no le convenía quedarse ahí. "Tuve que traer mi vino, porque aquí no venden". Dio alguna otra explicación ambigua y por último sentenció: "¡Basta de admoniciones! ya arrastro demasiadas culpas". De nada sirvió que le dijera que a mi no me importaba de donde había sacado la copa, pero fue como si, por el contrario, le hubiera insistido en el reproche. "Tú no entiendes nada. Eres lo mismo que mi padre" aseguró.

— Recuerdo que yo era un niño, de apenas algo más de doce años — dijo, sacudiendo su mano enorme para espantar a una paloma que no cesaba de picotearle los dedos — cuando mi padre, un día cualquiera y sin motivo alguno, me llamó y me sentó frente a él en la enorme sala donde fumaba junto al fuego durante todo el invierno. Aún me parece verlo sentado ahí, severo e imponente, con su enorme cuerpo acrecentado por un grueso abrigo de tweed. Su figura y su voz poderosa me cohibían haciéndome sentir pequeño y oprimido en esa enormidad, apenas iluminado por una lámpara mínima sobre su cabeza y las llamas trémulas del fogón. Comenzó a hablarme de la vida y de tantas cosas que no comprendía: Del bien, la rectitud, el respeto por el propio cuerpo y el de los demás, de la pureza y la castidad y de repente, sin entender por qué, sus ojos parecieron despedir fuego y su voz me sonó más potente y profunda que nunca. Dijo: "Si algún día llego a saber que haces actos deshonestos con un niño pequeño: ¡Te muelo a palos!".

— De algún modo extraño sentí la injusticia de aquella admonición y todo su poder incomprensible —. Se detuvo y tomó un sorbo de vino que parecía encerrar toda la rebeldía que ha de haber sentido en ese lejano momento de su infancia, mientras sus ojos se ceñían hasta casi desaparecer en una línea. Tal vez intentaba concentrar su furia contenida sobre mi, que en ese momento quizás representaba la figura de su propio padre. Después de un silencio largo, su expresión se hizo amarga y continuó—: Esa tarde, lo recuerdo tan bien, tuve la oportunidad, por primera vez, de tener una relación deshonesta o al menos oculta con Amparo. Ella tenía no más de tres años y toda la belleza de la fragilidad. Apareció en nuestro jardín como por magia, con sus ojos oscuros y enormes, vestida de flores azules livianitas. Su visión sorpresiva despertó en mi toda la sangre espesa que barruntaba mi padre. Recuerdo como si fueran figuras de un sueño que la llevé al baño, la desnude entera y la senté en el retrete. Mientras orinaba, con infinita delicadeza toqué todo su cuerpo, hasta que tuve memoria para siempre de su piel suave e infantil. Cuando la vestí, acaricié lleno de raros anhelos su pequeña boquita vertical, y le dije suavemente que no, ¡que no!, cuando se quiso sentir incómoda. Finalmente la besé en ambas nalgas. Si él no me lo hubiera prohibido, así, de ese modo, no lo habría hecho, y hoy sería un hombre diferente: No cargaría para siempre esta culpa que me agobia ni tendría que luchar siempre buscando ese momento sublime para redimirme. Ese día él me cagó la vida.

Desde siempre lo había visto interesarse en los niños de un modo extraño y siempre había podido más la amistad y sus virtudes como persona, como escritor y pensador que una interpretación tal vez personal de su conducta, pero esta confesión tenía dos aristas delicadas que me estremecieron: La compulsión y el desvío de la culpa. Discutimos sobre eso durante mucho rato, entre el revoloteo incesante y absurdo de los gorriones y las palomas, como si quisieran, ellos, estorbar el juicio libre. No sé si el delicado tema, cuyo duro juicio era necesario o la exasperación de los pajarotes revoloteando tensó tanto la discusión que de repente no quise seguir. Entonces, en una actitud que nunca le había visto, de calma perdida y descontrol, me grito, como si se tratara de una acusación: "¡Tú nunca has sabido lo que es estar solo en medio del desierto con una niña viendo el vuelo de los flamencos! Nunca has perdido una lucha contigo mismo. ¿Cuales son tus grandes fracasos?". Siempre había admirado a ese hombre. Tal vez por eso sentí como un cansancio fulminante. No sé cual sea el significado oculto pero en ese momento una paloma descendió, aleteando,

sobre su cabeza. Apenas se posó en ella le cagó la coronilla y luego
voló. Después de un silencio largo, durante el cual esperé en vano que
se limpiara la cagada de la pájara, Rubirosa dijo en un tono calmo, de
paz absoluta: "A pesar de todo no sólo sentía respeto por la imponente figura de mi padre. Yo lo amaba y lo admiraba. Yo fui el único de
entre mis treinta y seis hermanos que le dí jaleíta de guinda en la
boca cuando estaba muriendo, con su lengua reseca". Sus ojos dismi-
nuidos brillaron con la luz roja del ocaso que ensangrentaba el cielo.

Bebió un largo sorbo de vino de la copa robada, pero sin agotar el
contenido. Al dejarla de nuevo sobre la mesa parecía haber recupera-
do la certeza sobre sí mismo. Se había recompuesto. "Ahí están otra
vez" dijo. "Ya encontraron el rastro". Señaló a un tipo que se acababa
de sentar solo en un extremo, con un gran schop de cerveza y un
enorme sánguche chacarero. En ningún momento noté que se ocupara de Rubirosa, sino apenas de su pan que a cada mordisco dejaba
caer trozos de tomate y desparramaba salsas de mayonesa con palta.
"No dudes que en algún lugar está, también, Karchenko. Por eso cada
día tengo que cambiar de rutina". Desde hacía unos días salía con ese
amigo, que se había escabullido cuando llegué, y lo acompañaba casi
todo el día. "A esta hora desaprece para no pagar las cuentas" explicó
Rubirosa y "tiene que venir Ályson o Rommel Miranda a buscarme,
para no andar sin testigos". La imperiosa necesidad de compañía parecía tener una cierta carga de temor exagerado que no explicaba y quedaba flotando en el aire. Cuando se sentía acorralado y parecía indispensable una explicación de quienes eran aquellos que lo seguían,
más allá de los nombres que les daba, se esforzaba en evadir: "¡A nadie le importa! ¿A quién le importa?". Basta estar entre mucha gente.
"Mientras sea así no pueden ejercer su venganza" recuerdo que dijo.
Le pregunté qué venganza buscaban y por qué. Sólo hizo un relato
ambiguo que no guardaba relación con la pregunta.

— De niño — dijo — se supone que yo era preferido de mis padres,
aunque la figura de mi madre la tengo tan difusa. A veces trato de re-
memorar su rostro y me resulta imposible, de modo que me pregunto: ¿Cómo si era tan preferido no dejó una huella cierta en mi memoria?. En cambio mi padre parece materializarse cuando lo recuerdo:
Sus ojos pequeños y feroces, sus manos inmensas de dedos rudos, el

gesto de nobleza en decadencia que por sí sólo exigía veneración. Él me golpeaba cada día para que comiera arroz. Entonces: ¿Cómo si fui su predilecto, según mis hermanos, siempre me golpeaba?. ¿Comprendes?. Pero ésto no le importaba a nadie: Sólo a mi. ¿A quién le importa?: ¡A nadie le importa!.

Intenté seguir sus metáforas y hablamos de su padre y el arroz que lo obligaba a comer. "¿Qué arroz te quieren hacer comer, Rubirosa?" le pregunté por fin. "¡Qué importancia tiene!" respondió y me acusó de preguntar lo mismo que Olvido: "Cúidate de las preguntas" dijo y señaló al hombre que ya había devorado el chacarero y tomaba cerveza calmadamente, mirando a las mujeres coloridas que pasaban por la vereda. Después siguió hablando de su infancia y su padre:

— Me golpeaba diariamente por una u otra razón, aunque no alcanzaba a llegar a la brutalidad sino sólo a una rutina que parecía necesaria. Tal vez por eso su imagen es indeleble, quizás por eso fui el único de nosotros que besó su frente helada antes que lo metieran en su caja de palo. De mi madre, en cambio, sólo recuerdo que murió y que se había encogido hasta medir menos que un niño pequeño... Tal vez sólo se extinguió... siempre es así con las mujeres: Se extinguen... desaparecen. Los hombres, en cambio, debemos marcar, dañar.

El cielo rojo se había ennegrecido y apenas había alguna claridad violeta en el horizonte quebrado por los edificios en el fondo, al poniente. Rubirosa terminó de beber su copa y la última paloma revoloteó sobre su cabeza para recogerse definitivamente en algún tejado desconocido. El hombre del rincón bebía otra cerveza de las tantas que lo mantenían ahí cuando Rubirosa dijo, señalándolo: "Es hora de irse: Mira como se va con nosotros". Ese amigo definitivamente nunca volvió, de modo que pagué su cuenta y la mía, y luego nos fuimos en sentido contrario a nuestro destino. Dimos vuelta a la esquina: Ahí nos detuvimos a esperar. Apenas un par de minutos o menos se demoró en aparecer el hombre tras nosotros. Nos encontró a boca de jarro y pareció sorprendido, como si cambiara de idea atravesó a la vereda del frente y siguió su camino. Recuerdo que volvimos a paso calmo y caminamos por Once de Septiembre hacia abajo. Al llegar a la iglesia de la Divina Providencia, según recuerda Rubirosa, me volví a mirar y me pareció ver al tipo que él habría identificado como Karchenko a unos cincuenta metros detrás nuestro: Tal vez no lo era.

El golpe y la violencia

No recuerdo cuanto tiempo habrá pasado, tampoco es claro en el relato del propio Rubirosa, pero si es claro que él se fue recluyendo cada vez más, arrinconado por sus propios temores y ese sentimiento de persecución, que por aquel entonces quizás no fuera del todo justificado. La tertulia era casi su único contacto con el mundo y de su propio relato se percibe un cambio que fue siendo cada vez más profundo. No era poco frecuente que se enredara en discusiones sin sentido con sus invitados, llegando ocasionalmente a despedir a algunos con fuertes palabras, o, a otros, sencillamente los marginaba sutilmente: "Se estaba poniendo muy aburrido" dijo de Roosvelt Ávila cuando le preguntaron por qué ya no venía.

Quizás por aquel tiempo fue que se publicó aquí el libro "El Nombre de las cosas". El lanzamiento se hizo en algún lugar cerca de la casa de Rubirosa y a una hora de alto movimiento. Por ese entonces, casi no salía de su reclusión voluntaria y no quiso alejarse demasiado para no correr riesgos. Ályson Carrascales y Rommel Miranda no se alejaron de él en ningún momento y la gran cantidad de gente que transitaba a esa hora eran eventuales testigos que le daban tranquilidad.

En el evento se produjo una intensa polémica, por completo inesperada debido al respeto que todos tenían a Rubirosa. Al grupo de personas en que se encontraba se acercó algún desconocido, tal vez un crítico novel, algún intelectual en busca de unos pocos minutos de fama, o como dijo él mismo maestro: "Cualquiera que me odia y se pone al servicio de quienes buscan aniquilarme a como dé lugar". El desconocido lo habría interpelado del siguiente modo: "Señor Rubirosa; dice usted en su exposición sobre el lenguaje, el intelecto y la moral que (y lo cito): «Luego se perfeccionó con hermoso, feo, bello, rápido y muchos más que pronto proliferaron y fue necesario dar nombre a la clase de objetos. Seleccionó adjetivo y estuvo bien y fue la convención en lo sucesivo» con lo que antepone el lenguaje al intelecto y hace ver que éste estaría por sobre la moral". Rubirosa sonrió levemente, casi sin mirar al intruso. Miranda tosió sobre su hombro izquierdo e hizo dos suaves gruñiditos algo así como "¡huc!... ¡huc!...", luego repitió la acción sobre su hombro derecho y con disimulo se puso delante del intruso, dejándolo fuera de la conversación. Rubirosa dijo algo vago o ambiguo referido a algún tema social anterior a la llegada del intelectual: "Bajo mi parrón nunca habrá pájaros de cuenta, solo zorzales de canto dulce" o algo de ese orden que con facilidad podía entenderse como un escape, o una de esas extrañas ironías que sólo sus muy cercanos entendían o celebraban aun cuando no las entendieran. De hecho, ese amigo que siempre se ubicaba a su derecha no sólo sonrió sino que esforzó un corta risa y dijo, mirando a Angol Vega que estaba en el grupo, como si la ironía de Rubirosa se hubiera referido a él: "En especial los que cuentan lo incontable y lo convierten en un estilo" y rió de su propia ocurrencia. Por momentos se discutió sobre el estilo de Angol, aunque todos parecían temer a lo que había dicho el extraño.

"¿Qué responde a mi aseveración, Rubirosa?" dijo el intruso, asomando la cabeza sobre el hombro de Rommel Miranda. Él le lanzó una mirada apenas fraccionaria, de soslayo, y bebió de su vino ignorándolo. "¿Va a quedar frente a toda esta gente como un hipócrita inmoral, Rubirosa?" insistió el intruso, acosándolo. Alguien, quizás si Orgüel Fernández, o Mehrson Gajardo lo enfrentó, exigiéndole respeto. El otro insistió sin embargo en emplazar al autor. Rubirosa terminó de beber su vino, giró con infinita lentitud, no sólo con la cabeza sino con todo el cuerpo y enfrentó al intelectual apartando con gran delicadeza a Rommel. Balanceó suavemente la cabeza, con los ojos convertidos en una sola línea durante un tiempo justo suficiente para inquietar a quienes observaban, de modo que se sintió el peso del silencio. Cuando así fue y sintió que era propietario del suspenso dijo: "Usted no tiene autoridad para calificarme, así como mis antecedentes sobre usted, casi nulos, salvo su grosera intervención en mi festejo, no ameritan que lo califique de grosero; así es que preferiría no responderle". "Es usted un intelectual de pacotillas" dijo el otro y agregó: "No es capaz de sostener sus ideas". "Sigue usted cometiendo una grosería: Preferiría que no lo hiciera" insistió Rubirosa acercándose un paso. "¿Como no tiene ideas me va a pegar?" dijo el intruso. "Preferiría no hacerlo" respondió con la mirada serena. "No se atrevería: Es usted un cobarde" provocó el intruso. Rubirosa lo miró durante largo rato, movió la cabeza afirmando hasta que hubo silencio. Dijo con voz calmada: "Preferiría no hacerlo" y levantó con parsimonia su enorme mano que dejó caer con absoluta suavidad aparente, pero con sólida consistencia, sobre el rostro del grosero, con tal efectividad que el otro cayó, sorprendido, al suelo. Después de un momento en que pareció perdido, el hombre recuperó la noción de si mismo y miró con sorpresa a Rubirosa: "Me pegó..." dijo desorientado aún. Entre varios lo levantaron y lo sacaron del lugar. La gente se agrupó en torno a Rubirosa murmurando y opinando. La Carrascales dijo algo al oído de Rommel Miranda. Éste se soplaba los pulgares y hacía unos gruñidos cortos: "grk... grk". Ese amigo, que siempre estaba a su derecha comentaba: "Nunca debió hacerlo. ¿Por qué la violencia?. ¿Quién lo aprecia más que yo? sin embargo considero que jamás debió hacerlo". Angol Vega comentaba con Norman Gutiérrez: "¡Te das cuenta el peso de esa mano!". La Carrascales tomó a Rubirosa de un brazo e hizo un gesto a Miranda que se golpeó alternativamente, dos veces, ambos hombros con la barbilla gruñendo y luego tomo a Rubirosa, casi con temor, del otro brazo. Gracias a la decisión de la Carrascales los tres salieron de ahí.

Al llegar a la casa de la calle Brescia Rubirosa se echó en una silla de lona, Ályson se sentó en sus rodillas y le acarició la frente con su manito pequeña. Él, como si estuviera agobiado de cansancio le preguntó: "¿Dirías que me excedí, que no debí hacerlo?". Aunque no había nadie más, Rommel, sentado en un rincón de la terraza cn cl piso de madera de siempre, con una de las tres patas fuera del embaldosado, clavada en el pasto, levantó la mano pidiendo la palabra como un escolar en una sala llena. Rubirosa la señaló como si en efecto le cediera el derecho de hablar en una gran asamblea. "Tú" dijo. Miranda hizo morisquetas con un ojo mientras se golpeaba el hombro izquierdo con la barbilla, luego emitió un gruñido "huok..." y dijo: "Estoy casi seguro... fff... fff..." sopló hacia arriba "que va a tener cons... fff... consecuencias". Después habló, no sin dificultad, de la humillación de ser golpeado en público y desarrolló un pronóstico poco auspicioso que Ályson rechazó de plano. "Eso sería completamente irreal" opinó dirigiendo una mirada represiva a Miranda, que este interpretó como una admonición no del todo comprendida: "¿Qué?" preguntó haciendo morisquetas con los ojos. "Mi estimado Rommel, único amigo verdadero que no me abandona" dijo Rubirosa, "no asuste a nuestra niña con su imaginación tan volátil. Ahora traiga un vino y copas y encárguese de todos nosotros, que ya irá llegando nuestra gente".

Mucha gente se arremolinó comentando los sucesos, en una algarabía de opiniones encontradas de modo que no se dieron cuenta que Rubirosa se había retirado. Poco a poco comenzaron a formarse grupos más pequeños en torno a distintas opiniones, ya sea a favor del golpe, o en contra de toda forma de violencia, o incluso algunos, como ese amigo, que condenaron claramente la reacción de Rubirosa. "No es el amigo el que tapa los errores sino aquel que los muestra con sinceridad" decía. "Por lo demás en lo que sostenía este hombre... ¿Alguien sabe como se llama?... no dejaba de haber un punto de razón. Pienso que Rubirosa no debió golpearlo nunca". En tanto que los grupos se iban fraccionando, de a poco erosionaban los participantes y se retiraban comentando en un sentido u otro. De repente entre los últimos que quedaban, Angol Vega preguntó por Rubirosa. Recién entonces se dieron cuenta que estaban solos y que el festejado se había ido en algún momento indeterminado.

Nadie llegó a la tertulia, sin embargo Rubirosa insistió en esperar. Tampoco los zorzales bajaron. Sólo comenzó a caer una llovizna fina que él ignoró con porfía. Ályson le echó un chal encima y al poco rato roncaba, con las cejas húmedas y el pelo perlado por la llovizna. Ella se sentó en sus rodillas a velarlo y cada tanto le secaba la frente con un trapo. Miranda observaba atónito. Mucho después reconocería que fue entonces cuando se enamoró de la Carrascales.

La prensa cultural dio más importancia al exabrupto que al contenido del libro, que muchos ni entendieron o consideraron un extraño libro de relatos excéntricos. Vendía mejor la potencia del golpe de la mano enorme que la de una inteligencia tan selecta. La prensa frívola, mejor preparada para la noticia, se hizo cargo sin demora y los compañeros de tertulia, siempre deseosos de figuración temieron que no fuera esta la manera conveniente de hacerse ver de modo que se privaron de participar y sólo fueron apareciendo poco a poco y con timidez. Sólo Rommel Miranda y algunos verdaderos amigos se acercaron a acompañar a Rubirosa y atendieron a los periodistas de farándula, reporteros gráficos, camarógrafos y más cuyo único interés era mostrar que la gente de la cultura era tan bárbara o más que la gente común. Durante días hubo más gente desconocida, haciendo preguntas insustanciales, que conocidos de la casa. Rubirosa los ignoraba y paseaba por el pasto mirando las florecitas o alimentando a los jilgueros con migas de pan, vestido con ropa de casa muy raída de manera que, siendo para los reporteros un desconocido, muchos pensaban que se trataba del jardinero y no lo molestaban. A los pocos días, quien primero apareció de entre los habituales, fue ese amigo, que con su aspecto de importancia era confundido por muchos, con el maestro y casi todos lo rodeaban para interrogarlo. Él se dejaba escuchar y sin engañar ni desmentir disfrutaba de ser el centro de atención. Muchos se iban y publicaban, consecuentemente, sus declaraciones como si fueran de Rubirosa. El verdadero le quitaba importancia: "Siempre ha opinado lo mismo que yo, pero como si me hubiera enseñado. Al fin es lo mismo". Rommel, escandalizado, en cierta ocasión se acercó a Rubirosa que examinaba un rosal al fondo del patio y entre morisquetas, tocesitas y gruñidos simétricos sobre los hombros le dijo: "Huok... huok... Ru... Ruubirosa, ese hombre te está suplantando, jek... jek... ¿me entiendes?, y lo que dice es francamente hak... hak... escandaloso: ¡Te compromete! ¿me entiendes?. ¿Me oyes?". La agitación activaba una seguidilla de tics y movimientos compulsivos de codos, hombros, ojos, manos, y soplidos. Rubirosa lo miró con extrema alegría y rió bajito: "Tranquilo" le dijo, "él necesita esa presencia. Le hace bien y a mi no me daña la gente que me habrá olvidado en seis días.

Rubirosa reconoció mucho después que se había equivocado. Gracias a la prensa de farándula y a su cobertura, mucha gente compró y agotó edición tras edición de "El nombre de las cosas". De entre ellos muchos salieron a buscar otras obras del autor. Tal vez hubo grandes cantidades de lectores que descubrieron que leer literatura era bueno gracias a un expediente tan extraño como este y cambiaron para siempre sus costumbres. Nunca se llegó a saber si incluso la editorial impulsó más el escándalo que la venta, sabiendo que aquel traería por consecuencia un aumento en esta.

Cuando las habladurías, los artículos sociales y el escándalo casi había amainado, cuando ya muchos habían vuelto a las reuniones bajo el parrón y todo parecía olvidado, cuando hasta los zorzales volvían a cantar su tres notas dulces al atardecer y picoteaban alrededor de los zapatos de Rubirosa, apareció esa mujer. Con los ojos muy abiertos y el terror reflejado en el rostro Ályson le susurró casi en secreto la llegada de la inesperada visita. Rubirosa le restó importancia: "Hazla pasar" dijo encogiéndose de hombros. "Pero... es que viene con un paco[5]..." insistió la Carrascales. Rubirosa volvió a encogerse de hombros. "Que pasen" dijo. La mujer salió al jardín seguida del carabinero. Traía varios cartapacios llenos de papeles que asomaban en desorden abrazados con ambas manos. Todos se la quedaron mirando extrañados. "¿Rubirosa?" dijo. "¿Quién es el señor Rubirosa?" insistió paseando su mirada endurecida por el trabajo sobre todos los presentes. Rubirosa se puso de pie espantando, al levantarse, a varios zorzales que picoteaban el suelo a su alrededor o que descansaban en sus hombros. "¿Quién me busca?" respondió. La mujer equilibró como pudo los numerosos cartapacios y papeles que llevaba presionados con los brazos sobre el pecho y sacó una mano muy cuidada, de uñas pintadas muy rojas, y la muñeca llena de pulseras metálicas de fantasía. Dijo: "Buenas tardes. Soy la receptora judicial Barsobia Bardina del décimo segundo juzgado del crimen". Rubirosa le tomó la mano que sintió ligeramente húmeda, ligeramente pegajosa. A la vez descubrió detrás de los papeles y cartapacios que la receptora aplastaba con el otro brazo unos pechos abundantes, rosados y brillantes de humedad, entre los cuales hacía esfuerzos por desaparecer una cadenita dorada

---

[5]   Paco: nombre coloquial en Chile para los efectivos de la policía.

con una medalla. Pensó que estarían tan húmedos y pagajosos como la mano de la mujer y sintió que le fluía toda su fuerza erótica. Los imaginó desnudos, y aguileños en cierta concordancia con el rostro de la mujer. La atención de todos los concurrentes se fijaba en ellos, Rommel Miranda desde su sitio en el piso de madera, en un rincón de la terraza tosía nervioso intentando llamar la atención de la Carrascales para interrogarla. "Le traigo esta citación al tribunal" explicó Barsobia. "Usted debe firmar aquí para indicar que fue notificado". Rubirosa se sorprendió pensando en alguna estrategia para tocar los pechos de la receptora, cuando Norman Gutiérrez dijo, acercándose: "No firmes nada. ¿De qué te notifican?". "Explíqueme: ¿De qué se trata?" dijo Rubirosa y metió sus manos entre los cartapacios y el pecho escotado de Barsobia: "Déjeme que le ayude con tanto papel para que conversemos". Todos, uno a uno se fueron acercando a la receptora y a él, para averiguar qué estaba sucediendo. La receptora se negaba a entregar sus papeles y él insistía: "No se preocupe, los dejamos aquí" mientras deslizaba sus manos por el pecho descubierto de la mujer. "No es necesario, sólo firme la citación al comparendo de avenimiento con el señor Millán y estaremos listos". "¿Quién es ese señor Millán?", preguntó Norman o bien Orgüel. "El señor Millán acusa al señor Rubirosa de agresión y del delito de lesiones graves". "Pero es absurdo" dijo Rubirosa retirando las manos de entre los papeles judiciales y los pechos húmedos de la Bardina. "Ni siquiera conozco a ese tipo". "De todos modos debe firmar" dijo ella. "¿Y si no lo hago?" preguntó. "El carabinero Umaña será testigo que la citación fue recibida por usted, lo que es lo mismo". "¿Y si no la recibo?" insistió. "Bastará que la deje en cualquier lugar dentro de su casa y el carabinero Umaña será testigo que así fue. Para el tribunal es suficiente". "¿Y cómo sabe que en efecto soy Rubirosa y que esta es mi casa?". "Usted lo reconoció y también la señorita..." miró un papel con una anotación: "... Carrascales" y miró a Ályson. "El carabinero Umaña es testigo de eso también". "Pero podría todo ser una farsa, una mentira" dijo Rubirosa, ya sin afán de oponerse, sino de extremar las opciones posibles del protocolo a fin de conocerlo mejor. "En ese caso el señor Rubirosa o la señorita Carrascales verdaderos podrán querellarse contra ustedes y quienes resulten responsables de suplantación. Sin embargo la notificación será efectiva y el verdadero Rubirosa deberá comparecer bajo apercibimiento de rebeldía". Dejó, entonces la citación sobre la mesita de las bebidas y se dio media vuelta diciendo: "Habría sido preferible que firmara". El carabinero Umaña, la siguió sumiso, con las manos metidas bajo las correas de su uniforme, a la altura del estómago. Tras ellos iba Ályson murmurando algún tipo de explicaciones inútiles del todo, pero llenas de buenas intenciones y fuerza combativa.

Todos, uno tras otro fueron leyendo la citación y haciendo interpretaciones antojadizas de su significado. "Ésto es una calumnia" decía Angol Vega. "Es una falsedad de principio a fin: Cómo podría tener múltiples lesiones en el rostro, cabeza, cuello, espina y fractura del antebrazo. Es un infundio, una canallada". "Sin embargo puede ser" acotó ese amigo. "Yo vi cómo lo golpeaba con furia. Jamás debió hacer algo así" concluyó. Rubirosa se dejó caer en su silla un momento. Agobiado dijo: "Sabía que algún día tenía que suceder esto. La culpa me ha perseguido durante mucho tiempo" y cayó en un largo mutismo.

Ya había empezado a oscurecer y los zorzales se habían recogido. Sólo a ratos se oía sus tres notas dulces desde algún enramado. Mientras todos discutían las connotaciones de la citación, Rubirosa se levantó y desapareció dentro de la casa. Sólo Rommel Miranda lo vio irse. Alcanzó a levantar la mano como pidiendo la palabra, pero Rubirosa no lo notó en ningún momento, o no quiso hacerlo. "Jiek... jiek..." gimió entonces, abriendo mucho los ojos y golpeándose el hombro izquierdo con la barbilla. Más tarde, cuando ya todos se habían ido, Ályson encontró a Rubirosa a oscuras, en posición fetal sobre su cama, mirando al infinito en la oscuridad, más allá de sus pies. Sólo lo arropó y lo dejó descansar.

"¡Jamás!" aseguró Rubirosa. "Nunca antes he visto a este hombre, no tengo recuerdos de él y preferiría no tenerlos" negó rotundamente ante el juez en el comparendo. Éste le interrogó entonces: "¿Qué hace usted señor Rubirosa?, ¿De qué vive?". "Pienso, propongo..." respondió. "¿Escribe usted?" preguntó el magistrado. "Sólo si tengo algo que proponer" respondió.
— ¿Que ha escrito últimamente?
— Sólo palabras sobrantes, palabras verdes...

— Y esas palabras verdes... ¿Las ha publicado?.
— Preferiría no hacerlo.
— Pero ¿Ha publicado algo últimamente? ¿No es así?.
— Así es.
— ¿Hizo un lanzamiento de ese libro?
— Así es.
— Fue el dieciocho de mayo pasado, ¿no es así?.
Rubirosa pareció calcular durante un rato, luego moviendo la cabeza negativamente dijo:
— Preferiría no asegurarlo.
Con cierta molestia el juez revisó el material que tenía sobre su escritorio hasta que tomó un papel en el que había un recorte de diario pegado. Se lo alargó a Rubirosa y preguntó:
— ¿Esas fotos son del lanzamiento?
— Así es.
— ¿Está usted ahí en esas fotos?
— Así es.
— ¿De qué fecha es ese diario?
— Dice diez y nueve de mayo.
— ¡Bien!. ¿Donde fue ese lanzamiento? ¿Preferiría recordarlo? — dijo el juez en tono casi sarcástico.
— En La Tertulia del Bohemio.
— ¿Asegura usted que no vio a este hombre en el lanzamiento de su libro?
— ¡Jamás lo he visto!.
— ¿Podría, tal vez, estar equivocado?.
— Preferiría no asegurarlo.
—Él dice tener al menos cuatro testigos de que estuvo ahí y que usted lo golpeó brutalmente.
— ¡Jamás!.
El juez se dirigió a Millán que tenía un cuello ortopédico y, el torso, desde el pecho hasta las caderas, y un brazo enyesados. Además tenía el mentón y la cabeza parchados con vendas y apósitos.
— ¿Puede usted probar que fue golpeado por el señor Rubirosa en el evento de lanzamiento de su libro "El Nombre de las cosas" y que le produjo los severos daños y perjuicios físicos, morales y psíquicos por los que lo demanda?

— Puedo — dijo Millán con gran dificultad con la quijada rígida que no le permitía separar las mandíbulas.

— ¿Desearía avenirse con el señor Rubirosa y evitar un largo procedimiento judicial?

— Sólo si reconoce su culpa y repara los daños — dijo con dificultad.

— ¿Como podría él, hacer eso? — preguntó el juez con un tono de infinita benevolencia.

— Debería pagar un indemnización de cien millones de pesos.

El juez miró con aspecto malévolo a Rubirosa.

— ¿Estaría dispuesto a ese arreglo, señor Rubirosa?

— Preferiría no hacerlo — dijo Rubirosa, y añadió —: Incluso no podría hacerlo.

El juez, como quien raja sus vestiduras ornamentales, que en todo caso no tenía, abrió los brazos y miró al cielo como suplicando amparo: "¿Qué podemos hacer entonces?" dijo y miró al demandante. Éste, como si fuera tremendamente doloroso hacerlo, levantó con dificultad las cejas. "¿Habría alternativa?" le preguntó el juez. "No" replicó sin separar las mandíbulas. "Entonces doy por confirmada la demanda, y fracasado el avenimiento. Pueden retirarse. Serán citados si es necesario".

La rueda lenta de la justicia parece proporcionarse inversa con el tiempo de manera que mientra más tiempo pasa menos corre aquella. Sólo cada tanto había alguna noticia cuando eventualmente aparecía en la tertulia algún detective con el libro El Nombre de la cosas bajo el brazo, departía con la gente, aseguraba favorecer a Rubirosa, preguntaba sobre algunos pasajes e historias, casi siempre aquellos donde se hacía mención a la violencia, a la agresión o muchas veces a frases que no comprendía totalmente o le eran del todo oscuras. Nunca era el mismo individuo, pero siempre, sin importar quien fuera, traía el mismo ejemplar que, visita a visita, envejecía y se iba poniendo mugriento y seboso a la par que aumentaba el sufrimiento de notas al margen de sus páginas con lápices de colores diversos, subrayados, y destacados luminiscentes. Constancia Saldaña, una artista de amplio rango, que había practicado pintura, escultura, fotografía, poesía y letras, algo de música y ejecución instrumental, canto, y muchas artesanías menores todas sin casi ningún éxito pero con grandes esfuerzos, había llegado a coleccionar amistades y relaciones en todas las áreas de la actividad humana. Entre ellas se contaba Patricio Heredia, que había sido diputado en el tiempo del triunfo popular, proclive al gobierno, arrancado y escondido en tiempos de la primera revuelta, exiliado durante alguna temporada y vuelto al país sin penas ni glorias por su escasa importancia. Constancia le aseguró a la Carrascales que este abogado era capaz de hacer milagros en cualquier defensa, cosa que ésta estuvo dispuesta a creer. "A Eulogio Urizarriaga le iban a quitar todas sus tierras y él, aunque era partidario de la reforma agraria, lo defendió tan bien que no sólo no le expropiaron sino que logró hacerse de las tierras de unas familias mapuches aledañas a las suyas" afirmó la artista. Ályson le repitió la historia a Rubirosa, Rubirosa se entregó en manos de Heredia y casi olvidó el hecho, dando el juicio por ganado. Sólo cuando aparecía algún detective con el ajado ejemplar de su última obra, se producía cierta inquietud. La Carrascales se esmeraba entonces en atender bien a la incómoda visita, se sentaba en sus rodillas, le servía licores, le preparaba bocaditos y si se mostraba muy proclive a la causa del demandado podía llegar a darle besitos detrás de las orejas. Con todo, en estas ocasiones se recordaba ese viejo problema molesto y persistente. Entonces Rubirosa llamaba al abogado Heredia, que le aseguraba que todo iba bien. "Sin ir más lejos" aseveraba, "ayer estuve con su señoría y le hablé de tu caso. Dijo que ya luego habría una sentencia: Favorable de todas maneras. Me recordó que debía presentar un escrito requiriendo ciertas diligencias, así es que precisamente ahora estaba dando instrucciones a mi secretaria que te llamara para pedirte un giro de dineros para las estampillas y timbres necesarios... ¿No es así? Hildita" gritaba hacia afuera del teléfono. "Si, don Patricio" se oía una voz lejana por el auricular. "¡En fin pues hombre!... ¡Qué bueno que hayas llamado justo a tiempo!" concluía y luego mencionaba una cifra de dinero moderadamente alta, que no despertara inquietudes y preguntas, antes de despedirse.

No por lenta, sin embargo, la rueda de la justicia no avanza. Ni por justa que sea sus sentencias son ajustadas a los hechos. Sí son justas en relación a los antecedentes en que ésta es sustentada por el juez, lo que no establece garantía alguna. Siempre, en todo caso queda la instancia de apelar lo obrado por éste.

Un día de verano plácido, por diciembre de un par de años después, se recibió la visita inesperada de Barsobia Bardina. "Le traigo una citación para que se notifique de su sentencia" dijo sacando su mano llena de joyas de mentirillas para saludar a Rubirosa. Él la recibió como si fuera una amiga íntima y metió sus manos grandes entre los cartapacios que Barsobia siempre llevaba apretados sobre el pecho, con sus documentos judiciales y éste, con el secreto afán de tocar sus senos rosados donde hacía vanos esfuerzos por esconderse aquella medallita dorada. Ella se negó a soltarlos, o a quedarse un rato, sin embargo Rubirosa tuvo el convencimiento que pretendió retenerle las manos contra sus pechos. "Debe presentarse usted o su abogado a recibir copia de la sentencia" explicó con las manos de él metidas entre su escote abundante y sus papeles .

Cuando al fin Rubirosa consiguió hablar con Patricio Heredia este no parecía estar al tanto de la sentencia ni del estado del juicio. "Pues hombre... es que he estado con un trabajo enorme, pero su señoría ya me tenía en antecedentes que en cualquier momento nos dictaba sentencia. ¡Mira qué casualidad!" dijo, "Justo le había dicho a mi secretaria que hoy mismo iba a ir a conversar con el juez... ¿No es así Hildita?..." gritó hacia afuera del teléfono. "Sí, don Patricio..." se oyó desde lejos. "En fin pues hombre... llámame mañana a esta hora y te tengo noticias".

Después de varios mañanas no cumplidos, Rubirosa fue en persona al juzgado a averiguar sobre la sentencia. Lo condenaban a pagar una multa de beneficio municipal, a presidio de treinta días remitidos, que le explicaron que sólo lo obligaba a concurrir a firmar en el tribunal durante los treinta días de la sentencia, y debía pagar los daños exigidos por el demandante. Le entregaron una copia de la resolución después de pagar un valor modesto exigido en timbres y estampillas.

Su señoría no había tenido más antecedentes a la vista que los testimonios del demandante y el demandado, y el juicio sobre el carácter de este último del que se había formado convicción a partir de su obra por cuya defensa había golpeado con violencia inusitada, produciendo daño físico, psíquico y moral al demandante, en público, con numerosos testigos y con escarnio. Entre otras cosas se centraba en una reflexión sobre la violencia y la paz, el bien y el mal, la conmiseración y el odio que Rubirosa aseguraba que eran conceptos que nacían juntos. La violencia como la suprema ausencia de paz, el odio como extrema falta de conmiseración y el mal como el equilibrio natural del bien. Entendía su señoría en el desarrollo de la justificación de su sentencia que todo ésto que escribía el demandado demostraba su tendencia amoral natural, y por tanto su nítida inclinación a la violencia, de modo que era claro que veía como recurso aceptable de su dialéctica golpear ferozmente, si era necesario, a su antagonista. Para mejor resolver hacía un análisis, que aseguraba profundo, de estilo, en el cual notaba un cierto desorden impositivo, que aseguraba presente en toda escritura violentista y dictatorial, además de notar, lo que era cierto aun cuando no la justificación que su señoría hacía, de cierta inseguridad y culpa del escritor, lo cual lo llevaría, hipotéticamente, a una defensa cerrada de sus postulados. En conclusión, parecía su señoría, haberse formado un prejuicio apropiado para evitar la búsqueda de pruebas reales y analizar los antecedentes directos en los sucesos, todos los cuales no figuraban en modo alguno en el proceso. Es más: Con el tiempo y la sensación de injusto castigo, Rubirosa se obsesionó en el estudio del expediente del caso y dice haber encontrado que todas las diligencias ordenadas por el tribunal en relación al caso se referían al juicio literario de su obra El nombre de las cosas.

El revuelo que había causado en la prensa el golpe de Rubirosa al intruso se avivó otra vez con el escándalo de la sentencia que él se encargó de publicar a todos los vientos. Estos sucesos despertaron el interés por el libro que Camille y la editorial recogieron con habilidad convirtiéndolo en un súper ventas, aun cuando en los medios cultos pareció perder terreno y fue visto como un truco sucio para demostrar lo que no podía con sus disquisiciones alambicadas en una obra que dijeron era sólo un ladrillo.

Con la sentencia en la mano, Rubirosa se presentó de improviso en la oficina de Patricio Heredia. La secretaria le advirtió que estaba ocupadísimo, pero Rubirosa insistió en ser anunciado. Durante mucho rato la mujer desapareció en el interior de la oficina del abogado, hasta que apareció éste seguido de ella. "¡Qué gusto de verte pues hombre!... Qué desgracia que no hayas llamado antes de venir... Justo voy salien-

do a un comparendo, pero le dejé todas las instrucciones a Hildita...
¿No es así?" le preguntó. Ella sumisa, como siempre respondió: "Sí;
don Patricio". "La Hildita es como si fuera yo mismo..." dijo mientras
se escapaba. "Déjale todo a ella con confianza y que te calcule el costo
del papel sellado necesario para la apelación, pues hombre..." y desapareció con una agilidad que no había tenido en el juicio, según
comprobara después Rubirosa: Jamás había presentado ningún escrito, y el plazo para la apelación se venció quedando por tanto la sentencia a firme. "Hombre, cuanto lo lamento, cuanto lo lamento, no
sabes cuanto lo lamento" le dijo arrepentido como si fuera más efecti-
vo al repetirlo. "Estuve con tanto trabajo que se venció el plazo y la
Hildita... tú sabes como son estas secretarias. Mira: creo que tengo
que cambiar de secretaria. Esto que te ha hecho es imperdonable... imperdonable... pero en fin: Es mi culpa, es mi culpa. Yo no debí con-
fiarme..." explicó Heredia con una contrición que casi parecía verdadera. "Cómo te reparo este daño... ¿Cómo...?" dijo y concluyó: "Estimado amigo; porque te considero un amigo: Somos amigos; ¿No es
cierto?: De ahora en adelante considérate becado. Cualquier problema
legal que tengas... Cualquiera... No importa lo que sea: Te atiendo gra-
tis" le aseguró y lo despidió con unas buenas palmadas de camarade-
ría en la espalda.

Rubirosa recibió más por concepto extra de derechos de autor que la
indemnización que debió pagar a su demandante, sin embargo siempre fue una molestia de la que prefería no hablar e incluso en ocasiones no lograba, con toda intención, recordar el suceso, el juicio o la
sentencia.

El encuentro de Olvido

Sin embargo fue como una purga. Perder el juicio significó de un modo u otro ser alcanzado por esa persecución perpetua, ser castigado por las potencias de la vida; esas que existen, que no se controla y que nos hacen el destino de modo casi inexorable. De alguna manera extraña Rubirosa se sintió liberado de tantas culpas que arrastraba, al pagar, precisamente, por una acción que sentía del todo justificada: "Su agresión fue tanto más que una bofetada. Me desafió ante todos los que me respetan y me quieren. Me sobró condena para pagar más que todas mis culpas. ¿No se dan cuenta que era mi festejo?. No merecía ser agredido" decía cuando se comentaba el asunto.

De este modo las tertulias bajo el parrón de la casa de la calle Brescia florecieron con más fuerza que nunca y se reunían ahí todos los artistas e intelectuales que tenían algo que decir. Incluso, equivocadamente. Hubo un día que llegó su agresor sin saber que entraba a la casa de su enemigo. Se dice que alguien quiso hacerle una encerrona, pues había mal habido una fama robada y lo llevó engañado. Cuando se encontró frente a Rubirosa, sin saber que era su anfitrión, le pidió cuentas por atreverse a aparecer en el centro mismo de las artes honestas. Muchos temieron una reacción violenta, pero inesperadamente Rubirosa lo abrazó y dijo: "No hay rencores"; luego lo hizo echar. Talvez esta situación, que en el plano intelectual era una venganza terrible, mucho más allá del desprecio y la humillación subsecuente a la equivocación de su enemigo, no sea comprendida sino como un capricho por la gente común: ¿Para qué abrazarlo y hacer una paz aparente, para luego expulsarlo en forma humillante?. Es que había un mundo de significados en ese par de acciones. El primero y más inmediato le era a Rubirosa, según él mismo lo reconoce, una cuestión de poder que volvía a su fiel la balanza: Hasta el término del juicio, que lo había condenado, su adversario aparecía como un aventurero audaz manejando el inmenso poder del error de su adversario. La sentencia en el juicio, a ojos del mundo, mostraba no sólo que tenía razón en el litigio, sino, también, en el cuestionamiento a su obra. Es que Rubirosa había calculado mal el efecto del bofetón. Creyó que con éso disminuía a su adversario. Él había perdido el duelo y había merecido hasta el desprecio físico de una cachetada. Sin embargo la demanda exitosa cambiaba las cosas: Había quedado como un escritor de súper ventas pero sin peso intelectual. Más aún: La propia sentencia era lapidaria, no sólo contra su culpa sino en contra de sus ideas. Ésta era la peor de las heridas inferidas a Rubirosa, que no era un hombre de afanes de riqueza o éxito material. Abrazarlo era un símbolo de perdón magnánimo y expulsarlo de su casa era una demostración de fortaleza, aunque no exenta de riesgo. Sólo ésto le daba un cariz de seguridad respecto a su verdad que el otro al no oponer, ahora, una resistencia intelectual, lo mostraba muy empequeñecido. Así mismo lo definió Rubirosa cuando lo interrogaron sobre la situación: "Era sólo un pequeño pequeño" dijo y cambió de tema, sellando el concepto. Desde entonces (nunca supe su nombre) este desafiador desafortunado ganó fama y fue para siempre el "Pequeño pequeño", llegando a ser un símbolo y un paradigma del hombre despreciable que intenta surgir despedazando los méritos ajenos.

Rubirosa adquirió tal sentimiento de triunfo que comenzó a salir solo nuevamente y a hacer su recorrido vital diario, de bar en bar, comenzando siempre en el Alberto y terminando en el Bar Unión, en los bajos del club grande. Su vida había retomado los rumbos de sus mejores tiempos, entre bares y librerías. En una de ellas, en las galerías de las Torres de Tajamar, donde se puede encontrar desde las obras de Augusto D'Halmar, o de Blest Gana, y hasta Los pasos Perdidos de Carpentier, o también El Roto o La chica del Crillón de Joaquín Edwards Bello, y casi cualquier libro de poemas de los más oscuros y brillantes poetas desconocidos, algunos de ediciones de no más de quince o veinte ejemplares, lo encontré un día cualquiera ojeando un ejemplar muy remendado de "Diez" de Juan Emar. "Éste es un escritor" me dijo golpeando con la yema del índice, pertinazmente angulada por el uso persistente del teclado de su antigua Underwood negra, la página que había estado leyendo. En la ochenta y cuatro explicaba por qué los continentes flotan y giran, mientras el núcleo de la tierra no. "Y repito" dijo "su núcleo no. Es decir que Emar demuestra, sin expresión de causa que la tierra misma no gira: ¿Lo comprendes?". Reconocí que no sólo no lo comprendía sino que no compartía su idea. "Emar estaba preparado para eso" me respondió. "Aquí en la página ochenta y cinco lo explica por boca de un ingeniero, con lo cual la razón queda inequívocamente establecida, sin importar otro argumento. El ingeniero hace girar una pelota de tenis en su mano y pregunta si esta gira o no, a lo que habrá que responder que ciertamente sí. ¿Lo entiendes ahora?". Nuevamente acepté mi incapacidad para estar de acuerdo. "No importa nada que pase con el vacío interno, dice el ingeniero la pelota gira y lo demás es sutileza inútil. ¿Te das cuenta?". No me daba cuenta de nada, ni comprendía que quería decir Emar con ese capítulo cuyo nombre, si mal no recuerdo es "Unicornio" y así se lo dije. Siempre me pareció sorprendente y lleno de misterios el pensamiento y las entrelíneas, o incluso las derivaciones de las derivaciones de las entrelíneas de la obra Diez de Emar, partiendo por su nombre y por el contenido de sus diez partes llamadas de Uno a Diez donde por supuesto habla de uno a diez. "Llevo años intentando entender el sentido que tiene estudiar griegos y romanos, clásicos o renacentistas, existencialistas y posmodernos, buscando una razón para mostrar que es una sutileza inútil y resulta que Emar lo tiene dicho tan simplemente: Si estoy donde gira, hablemos del giro: ¿Ya entendiste?". No me quedó demasiado claro, menos aún que parecía más racional el tripulante que constata al navegar el submarino el verdadero sentido de las cosas, que el ingeniero cuyo sentido práctico se reduce simplista, a la ignorancia. "Pero es que Emar siempre era así: Es necesario trastocar para dar a entender las verdades más difíciles en forma simple. Incluso inversa" concluyó Rubirosa y se despidió sin darme oportunidad a que lo acompañara. Lo vi caminar hasta el final de la galería y antes de girar en la esquina se detuvo   y se volvió. Dijo, subiendo la voz: "Dime tu nombre que no lo puedo recordar". Supe que todo había vuelto a la normalidad. Por lo demás, en ese momento, puedo dar fe que no había en todo el laberinto de galerías, nadie más que nosotros dos y los propietarios de los pequeños locales.

Diría después, esa tarde en la tertulia, que se había alegrado de verme a pesar de mi ingratitud de abandonarlo cuando más necesitaba el apoyo de sus amigos. Recordó que me había negado a buscarle quien le transcribiera los borradores de El nombre de las cosas y me los devolvió sin siquiera leerlos. Aseguró que me había invitado al lanzamiento y dijo que se alegraba, en todo caso, que no hubiera ido a ver como era humillado por un advenedizo. "Es seguro que aún no se entera" concluyó. Ályson, sentada, como siempre, en sus rodillas intentaba patear a un jilguerito que insistía en rescatar unas migajas junto al zapato de Rubirosa. Dijo: "No quisiste enviarle invitación. ¡Recuérdalo!". Prefirió no recordarlo. Mientras, ella alcanzó suavemente al jilguero con la punta de su borceguí. Él le dio una palmada en el trasero y la expulsó: "Me cansas con tu peso y eres cruel con los pajaritos. Anda a prepararnos algo de comer y entretente en cualquier cosa ahí adentro". Ályson se paró ofendida, y llamó Rommel que daba, en ese momento, alguna opinión en voz tan bajita que nadie lo escuchaba. "Es éso, creo..." dijo y retrajo el hombro izquierdo sobre la barbilla dos veces: "¡Og!... ¡og!...". Ambos entraron, tomados del brazo y desaparecieron al interior de la casa.

Rubirosa había tomado en sus manos al jilguero y le daba migas de pan que sacaba de sus bolsillos mientras escuchaba la teoría de Angol Vega que aseguraba que El Proceso de Kafka era sólo un reescrito de Crimen y Castigo pero partiendo del tercer capítulo de la segunda parte. Cada escena era relatada a su modo por Kafka que se esmeraba en no mencionar jamás el crimen cometido. "Siempre es posible hacer esos paralelos. Es muy fácil", dijo Rubirosa, rascando la cabeza del pajarito con sus dedos enormes. Citó de memoria: "Una tarde muy calurosa de comienzos de julio el joven que ocupaba esa habitación amoblada, en el piso cinco de la calle S. salio lentamente con aire indeciso rumbo al puente K." y luego construyo una teoría imposible: Kafka, sabemos que nace a comienzos de julio. S. se refiere a Samsa, Gregorio Samsa, y K es él mismo y también el acusado en el proceso. Kafka siempre buscó algún sentido mágico y profundo en Dostoievsky, de quien se creía hermano intelectual". Continuó tejiendo una teoría que iba improvisando, con las obras de Kafka, que demostraba, en su desarrollo que eran reescrituras del genio ruso y de Goethe. Según la teoría hábilmente improvisada, la famosa escena de la ley en El Proceso era casi una transcripción de un relato del alemán de su visita a la iglesia jesuita de Trento. La teoría era tan audaz y parecía tan documentada que Vega preguntó, asombrado: "¿Por qué hace Kafka una cosa así?. ¿Por qué hacer una nueva versión de Crimen y Castigo?. Y más: ¿Por qué excluye el crimen?". Rubirosa echó a volar, delicadamente al jilguerito. "Siempre puedes ver como la gente vive sus culpas. Hasta puedes oírlos reconocer su existencia, pero jamás se confiesa los pecados. Ésa es una aguda observación que Kafka hace y nos regala, aun cuando nadie lo haya descubierto".

Siempre al relatar, Rubirosa parecía revivir y participar de nuevo de la acción que narraba de modo que resultaba especialmente cautivador cuando lo hacía. Así era ahora, que daba este testimonio, pero, de todos modos, fue extraño: Al llegar a este punto de sus recuerdos, Rubirosa hizo una larga pausa y bajo la vista. Intento hablar, mirando al suelo, pero algo en la garganta se lo impedía. Así fue durante un rato largo. Meneó la cabeza, pero no estaba negando. Sólo pedía paciencia. Debo añadir que hay detalles importantes del relato que sigue que no coinciden con los recuerdos de la Carrascales. Ella lo interrumpió varias veces y le corrigió. Él a duras penas enmendaba su relato con molestia. Digo esto porque nunca había visto en una situación así a Rubirosa. Me daba la idea que él quería mitigar algunos hechos y recuerdos y que ella no se lo permitía. Casi lo obligaba a enfrentarse a sí mismo y a su verdad. Parecía evidente que muchas veces habían discutido, entre ellos, por este tema.

Cuando continuó dijo: "Por alguna razón la vida me empujó siempre a enfrentarme con mis fracasos, con mis errores, con mis culpas. Era como si me tendiera celadas. Como si quisiera reírse de mi, o tal vez llorar conmigo". Hizo una corta pausa. Recuerda que vio a Ályson, no sabe si alarmada o descompuesta. Quizás ambas. Detrás venía Rommel haciendo morisquetas, cohibido. "¿Quién era esa Olvido?" le dice la Carrascales plantándose delante con los brazos en jarra. Rubirosa cree haber bromeado con ella: "Lo olvidé", dice que respondió, o algún otro juego de palabras, pero ella estaba ofuscada y no lo entendió. Ályson lo interrumpe y dice que sí lo había entendido y que le habría parecido una impertinencia la respuesta, porque intentaba evadir algo que era notorio que ella acababa de descubrir y él le había escondido por mucho tiempo. "Recuerdo que le di un puntapié en la canilla: ¡Responde bien; maricón!" le dije. "Es cierto" reconoce Rubirosa. "Rommel, detrás de ella, haciendo morisquetas y toses le decía algo, que no recuerdo, pero evidentemente trataba de evitar que hablara. Tuve claro que él había sido infidente". Reconoció que Olvido era la mujer de su celador en Putre, y que había sido su amante ocasional. "¿En Putre o aquí?" preguntó ella, dándole otro puntapié. "Tuve que reconocer que la había visto" dijo. Pero ella era otra. Ya no tenía la dulzura y el abandono que le daba el desierto. Era una hembra urbana, fiera de caza y venía a exigir lo que no podía demostrar que se le debía. Se había convertido en una mujer sofisticada, elegante y ambiciosa. "Cuando se fue del campamento de prisioneros me obsequió una cáscara de caracol, como si hubiera sido una niña. Ya no lo era. Le devolví su cáscara: ¡Nada más!" explicó Rubirosa.

Ese día la habían encontrado muerta, flotando, enredada entre zarzamoras a la orilla del río, cerca del aeropuerto medio deshecha, comida por los guarenes[6]. La noticia la habían dado en la televisión, justo mientras Rubirosa desarrollaba su teoría improvisada sobre Kafka y Crimen y castigo, y dentro de la casa la Carrascales y Rommel Miranda preparaban algo de comer para los contertulios. Rommel, asombrado, había dicho: "Por eso desapareció...". "¿La conocías?" preguntó ella. "No. Yo no: Rubirosa". Entonces ella lo había atrincado, hasta que Miranda soltó todo lo que sabía y suplicó: "No le digas que te lo dije". Tosió y se golpeó los hombros con la barbilla, dando gruñidos nerviosos: "Hegk... hegk..." dos veces a cada lado; se sopló dos veces la punta de la nariz y abrió desmesurados los ojos, pero ella igual lo hizo a un lado y salió al patio a enfrentar a Rubirosa.

---

[6]   Guarén: : Nombre que se da en Chile, a ciertas ratas de agua, enormes como un gato.

"¡Cáscara...! ¡Cáscara...! ¡Maldito!" le gritó y le escupió la cara. Después se sentó a horcajadas en sus rodillas y comenzó a darle puñetazos furibundos en el pecho y la cara. "¡Cáscara!" repetía a gritos como una loca, hasta que finalmente se echó agotada sobre su hombro sollozando. Rubirosa la abrazó con ternura y le acarició la nuca a través de la maraña de pelo desordenada. "Mi niñita" le dijo, "mi niñita compañera única tú: No quería hacerte daño. No tenía que hacerte daño". Mientras contaba esto, la ventana junto a la que estaba se llenó de zorzales curiosos y la Carrascales, con todo lo vivido y el tiempo irrecuperable pasado, tenía los ojos color vidrio. Ella concluyó: "Recuerdo haberle dicho, finalmente: Está muerta... se la comieron los ratones". Fue tan fuerte, para ella, saber que esa mujer que había terminado de ese modo terrible era la amante escondida de Rubirosa que no sabía "si lloraba por mi o por ella" concluyó.

Ályson Carrascales

Recordaba bien la primera vez que la vio. "Me sorprendió la fuerza
de animal montaraz que tenía", no tan sólo en su carácter sino en su
aspecto físico, en la actitud, en la manera de caminar certera, marcando su propio ritmo a las cosas con el taconeo de sus borceguíes. Nada
en ella, salvo una vaga idea en su porte medio, en su edad escasa, en
sus ojos ingenuos aunque firmes, daban la impresión de fragilidad y
sin embargo "cuando se sentó por primera vez en mis rodillas supe
que era tan delicada como la hembra gris de un brillante tordo. Entonces supe que necesitaba la fuerza del ave macho para expresarse".
"Lo hice de broma" interrumpe Ályson, "y tu amabas a Camille que
además te era necesaria". Rubirosa asegura que a pesar de todo, la Carrascales traía su plan trazado y lo fue cumpliendo punto por punto
hasta ese día en que expulsó a Camille de la casa. "Yo no sabía vivir
solo y ella lo percibía", dice. Así fue como se quedó para siempre.

Estaba seguro que por aquel entonces todos se habían encandilado
con Ályson, que si bien no escribía nada, ni poesía ni prosa, era musa
inspiradora de todos, aun cuando ella, como si sólo se tratara de un
juego, se sentaba siempre en sus rodillas. tal vez la fuerte imagen de
sumisión al padre que parecía provocar esa figura fue lo que lo con-
quistó, sin darse cuenta. Ese artilugio le ocultó toda la certeza y la
fuerza de animal salvaje de su temperamento, todo el imperio avasa-

llador de su carácter, toda la decisión indómita innegable que demostró después.

Había sido bailarina, pero las bailarinas son silenciosas: No dan opinión, sólo representan con el cuerpo el significado de la música. Quizás eso la llevó al teatro. En el teatro era promisoria y estuvo a punto de tener éxito, pero siempre el protagonista se enamoraba de ella y la hacía huir de todas las compañías teatrales. Había intentado con el teatro de mimos, pero todo era negro y blanco, en movimientos cortos que no cuadraban con su ritmo animal y elástico. Era casi parecido a la danza, pero en silencio. A veces no sabía si las frases en mímica eran correctas, entonces comenzó a fotografiarse a sí misma. Primero se fotografiaba vestida de negro, en teatro negro, maquillada de blanco, pero aquello sólo reflejaba el resultado final del mimo, en ningún caso las posibilidades futuras. No permitía construir una gramática y una sintaxis del lenguaje silencioso. Era necesario ir al fondo, a la estructura expresiva, a las posibilidades profundas de su propio cuerpo. Fue así que decidió fotografiarse a sí misma desnuda. Recuerda que se hizo más de siete mil seiscientas fotografías desnuda, intentando expresar otros tantas ideas silenciosas. Con ese material construyó un primer diccionario gráfico personal. Sin embargo el director de la compañía le pidió copias para los actores y uno de ellos llevó las fotografías a una editorial, que no cejó hasta conseguir de Ályson la autorización para publicarlo en una edición fina como arte fotográfico y expresión del desnudo. Agobiada con los premios internacionales que obtuvo su fotografía dejó los mimos y quiso vaciar su anhelo de comunicación con la fotografía, pero nunca dejaba de intentar largos títulos para sus obras, como por ejemplo: "Aquel día la negra luz del anochecer entristeció la pobreza mágica de su destino" correspondía a la fotografía de un pordiosero cuya mirada se perdía en algún lugar indeterminado. Con el tiempo, cada fotografía rivalizaba con la magnífica prosa poética de su título.

Fue en ese entonces, dice ella, que conoció a Norman Gutiérrez en una exposición de sus obras en el Centro Nuevo. Norman siempre lo negó. "La conocí en un bus interurbano, cuando iba a dictar una cátedra a Viña del Mar" asegura él. Lo cierto es que Norman quedó maravillado de la velocidad de su prosa que subrayaba el movimiento siempre animal de sus fotografías, aun cuando los personajes estuvieran en poses completamente estáticas. "Había algo ahí, que nunca dejaba de reflejar movimiento o velocidad. Jamás logré saber qué era. Quizás si fue una pura ilusión debido a esos magníficos títulos" confiesa Norman. Deslumbrada con las posibilidades de la literatura que el escritor le planteó, la Carrascales quiso saber más y siguió muchos talleres y cursos breves con él, hasta que sintió la insatisfacción de no aprender nada nuevo, sino más bien que podía corregir a su maestro o incluso muchas veces era él quien pedía su aprobación o intentaba aprender de ella. En poco tiempo la Carrascales se convirtió en la artista del momento, que todas las salas querían exponer. Publicó diez y siete libros de arte mixto: Plástica y narrativa, o prosa poética y fotografía y tanto más. Entonces fue que Norman creyó bueno llevarla a la tertulia de la calle Brescia, bajo el parrón de Rubirosa.

"Cuando lo vi supe que siempre había estado perdiendo el tiempo" confesó Ályson en ese entonces. Muchos, durante mucho tiempo, culparon a Rubirosa de extinguir, por celos, el arte de la Carrascales pero quienes estuvimos ahí y recordamos vagamente o con certeza como sucedieron las cosas, sabemos que cuando ella lo vio por vez primera, a pesar de la mirada dura y rencorosa de Camille, ella le susurró a Norman, al oído: "Ese hombre es mío". Camille salió al patio, con un canesú en la mano y el hilo de bordar en la otra y le gritó: "Repite eso al frente mío". Ályson no lo repitió, pero se dirigió recto a Rubirosa, y se sentó en sus rodillas. Para saludarlo lo besó en los ojos y en los lóbulos de las orejas. Él sólo dijo: "Preferiría que no lo hicieras". La Carrascales no le hizo caso en modo alguno.

Con el tiempo se harían frecuentes las riñas entre ambas, al punto que muchas veces la tertulia se transformaba en una sesión de apuestas sobre quién vencería a quién. Rubirosa intentaba tranquilizar a Camille diciéndole que la Carrascales era sólo como tener una gata en casa: "Jamás tendrías que tener celos de ella. Apenas si sabe ronronear". "No es lo que veo en ella" se quejaba Camille, pero Rubirosa se defendía: "¿A quién vas creerle? ¿A ella o a mí?". Con el tiempo Camille se cansó de las riñas y se desquitaba manteniendo amores con cualquiera que pasara por la sala de costuras donde había quedado relegada, aun cuando todavía la relación de Rubirosa y la Carrascales era sólo un juego de escarceos. A nadie le pareció extraño que Camille, finalmente, ayudada por Norman u Orgüel, huyera de la casa y se estableciera en Aviñon donde finalmente tuvo su desquite verdadero. A partir de entonces Ályson se convirtió en la verdadera pareja de Rubirosa. Con el tiempo sus amores y sus juegos llegaron a ser verdaderos, no porque ellos mismos lo quisieran, sino porque no lo podían evitar.

Muchos llegaron a decir que las grandes obras de Rubirosa se las dictaba la Carrascales. Él jamás se tomó la molestia de desmentirlo. Ályson tampoco. Sin embargo el sello de la obra de Rubirosa era tan fuerte, que si ella hubiera sido autora de sus obras tendría que haber aprendido a ser Rubirosa, lo que sostendría la autoría definitiva. Como sea, ella fue para siempre esa mujer que lo cuidaría, que se dejaría cuidar, que lo inspiraría y lo obligaría a trabajar, que no dejaría que tanto amigo interesado se aprovechara de su generosidad para beneficio propio, sin denunciarlo, aunque Rubirosa nunca los apartara de su lado, sino por el contrario. Después, cuando todos se apartaron de él, porque fue acusado por el Partido del Triunfo Popular de escribir para la oligarquía, cuando todos lo dejaron quien se quedó a su lado fue Ályson Carrascales. "A pesar de todo habrá que reconocer que desde la distancia Camille fue siempre el ángel guardián" que promovió y vendió su obra a las grandes editoras, mientras el pequeño mundillo literario aquí lo iba olvidando a la fuerza. Pero cuando nadie le hablaba, cuando el parrón de la calle Brescia se secaba, agobiado de silencio, cuando Rubirosa se sentaba a esperar el fruto de las traiciones, solitario junto a los zorzales de la tarde, la Carrascales salía con una copa de vino syrah de Erráztegui y sentada en sus rodillas escuchaba sus cuitas y proyectos, cortaba queso en tajadas y servía aceitunas negras de Azapa.

Cuando el Triunfo Popular se tronchó por la incomprensión de sus partidarios, por el odio irrenunciable de sus detractores y por la ambición de poder que enfermó a los golpistas y cayó estrepitosamente envuelto en una ola de sangre y poesía, de odio y revancha, de heroísmo y sorpresa, de error y fuerza, Rubirosa estaba solo y solo escuchó, con Ályson en sus rodillas, los horrores que cambiarían al país y a su pueblo para siempre, a sangre y fuego. Con Ályson en sus rodillas

oyó como destrozaban la puerta de su casa, y el último calor humano
que sintió junto a su pecho en mucho tiempo fue el de Ályson que
sin soltarlo pedía a gritos que la llevaran con él y que si lo iban a matar jamás les perdonaría que no la mataran a ella a su lado. Después,
cuando volvieron muchas veces a buscar pruebas que nunca encontraron y cuando quemaron tantos borradores y manuscritos fue ella la
que escamoteó lo que pudo de las manos de la implacable censura.

La Carrascales vivió sola en esa casa, cuidando el espíritu de un hombre que se mermaba mientras en el destierro, durante años. Cuidó su
recuerdo que jamás volvería a ser como el hombre al que la dictadura
de la primera revuelta castigó duramente porque no era capaz de
comprender lo que escribía y había decidido que éso era sedición.
Con el tiempo las malas lenguas la echaron de ahí, pero, aunque se
fue a vivir en un pequeño taller donde sobrevivía haciendo retratos
de niños, siempre volvía a la casa de Brescia, abandonada, para evitar
la ruina, para regar los jardines y sostener los recuerdos. Así fue que
un día, cuando la segunda revuelta triunfó con alegría y promesas
que se transformaron en compromisos con la tiranía para construir
una falsedad a la que bautizaron libertad, al entrar a la casa encontró
todas las ventanas abiertas, por donde habían escapado los recuerdos
y el último aire que él respiró antes de ser llevado al olvido: Supo que
había vuelto, aunque ya era otro y no el mismo, sentado ahí en su silla de siempre, rodeado de jilgueros y zorzales que se cagaban sobre
sus hombros mientras él sollozaba de añoranzas y abandono. Aunque
nadie lo visitaba, si bien muchos supieron que había vuelto, Ályson
se quedó con él y cerró su taller de fotografía. Muchos de sus antiguos amigos le quitaron el saludo a la Carrascales y la odiaron tanto
como al propio Rubirosa, al que acusaban de haber escrito para la
dictadura. Su libro "Las Herederas" nunca, hasta ahora, ha logrado
venderse en el país aun cuando en el exterior se sigue vendiendo y
agotando edición tras edición. Aquí la tiranía lo catalogó de doctrina-
rio y promotor de la dictadura del proletariado y el enfrentamiento
de las clases mientras que los partidarios del triunfo popular decían
que promovía el totalitarismo, la autarquía atroz y el fascismo.

Con los ojos azules arrasados y la melena rubia revuelta y casi blanca,
a horcajadas sobre sus rodillas le gritó: "¡Está muerta... se la comieron

los ratones!". Él recuerda "con dolor" dice, que ella sintiera que ni siquiera se había sorprendido. Lo habría acusado de decir apenas: "Al menos nunca lo hubiera creído", como si no le importara. "Me dio la impresión que ya lo hubiera sabido" dijo ella. Se incorporó, entonces, gritando: "¡Se la comieron los guarenes, maricón: Comprende!".

"tal vez nunca lo dije" reconoció Rubirosa: "ella ha sido la mujer de mi vida, la única que ha sido leal. Me esperó mientras otros me abandonaron. Ella trajo uno a uno, salvo a Rommel, mi amigo, a todos los participantes de esta tertulia, cuando el mundo me miraba rencoroso". Reconoció que Ályson recompuso su vida y le ayudó a tener fe y a escribir otra vez. Reconoció que "El nombre de las cosas", que le permitió volver a ser el de siempre, se lo debía a ella y dijo que por eso había sido muy dolorosa su duda. "No comprendió mi soledad, yo estaba olvidado y solo y ahora, esa mujer, quería cobrar lo que jamás podría pagarle", dijo y aseguró que "tal vez nunca, nadie llegue a comprenderlo. Soy un hombre leal y muchos me estiman. No sé por qué tendría que dar cuentas de mi propio castigo: ¿Acaso entonces era libre?".

La Carrascales le exigió que fuera al funeral pero se negó a acompañarlo: "¿Cómo podría yo ir al entierro de tu amante?. ¿Es que no te das cuenta que tú, quizás la hayas empujado a la muerte?" le dijo. "Preferiría no pensarlo así" respondió Rubirosa y siendo que Olvido ya estaba muerta "jamás sabrá que estuve ahí". Pero muchos llegarían a creer que se sentía culpable, sólo por presentarse en el entierro. Siempre tuvo una relación tortuosa con la culpa que él mismo no llegaba a entender con claridad, sólo la sufría. Como sea la Carrascales fue inflexible: "Vas a ir de todas maneras" le dijo y terminó la conversación. Para asegurarse que asistiera me llamó, aunque hacía ya tiempo que no participaba en sus tertulias, y me pidió que lo acompañara. Dijo Rubirosa que ella no habría confiado en nadie más, sin embargo él no pudo recordar mi nombre y hube de repetírselo varias veces aquel día. No hubo misa. Sólo se presentó un diácono que servía al cementerio e improvisó una especie de recorrido de su difícil vida completamente absurdo, donde recordó el extraño suicidio de su marido, el abandono de que fue objeto por el mando del ejército y cómo tuvo que luchar sola por sus hijas. Extrañamente ellas no estuvieron

en el funeral. Sólo se presentó la menor, que muchas veces la acompañaba a cierta distancia en los encuentros con Rubirosa. Una vez que
Olvido fue sepultada en presencia de una hermana, nosotros, y aquella hija, ésta se abalanzó sobre Rubirosa y sorpresivamente lo abrazó
con fuerza, sin decir palabra. Noté que tenía unas manos enormes a
pesar de su estructura fina y delicada y sus facciones pequeñas. Rubirosa lo negó Dijo: "Las vi pequeñas". Después ella se fue, siempre sin
decir ninguna palabra. Rubirosa, en cambio, luchaba por evitar la
emoción. Al salir del cementerio él me señaló a dos hombres que parecían examinar una tumba antigua con un arcángel ciego. Uno de
ellos era, sin duda, Gómez Arriaza; el otro no era Karchenko, pero
Rubirosa dijo: "Otra vez comenzará la persecución. Ellos buscan cul-
parme de su venganza". Quise que me explicara, pero dijo: "Preferiría
no hacerlo". Entonces le pregunté directamente si la joven era su hija.
No escuchó la pregunta, ni siquiera cuando se la reiteré.

Al llegar a su casa me dijo: "Entra. Pasará mucho tiempo antes que
vuelva a haber otra tertulia". Se dejó caer en su silla, bajo el parrón y
la Carrascales se sentó como siempre en sus rodillas. Le dijo: "Ya lo
sé. ¡No importa!. Nada importa. ¿A quién le importa?" y lo abrazó,
acogedora. Rubirosa cerró los ojos, abatido, y dijo: "Nunca podré li-
brarme de la culpa".

Creo que de modo alguno se refería a la muerte de Olvido, pero eso
sólo lo sabe él mismo.

Culpable

La prensa demoró poco, como era de esperar, en configurar un escándalo en torno a lo que llamaron "La viuda del torturador". Recordaron las destinaciones de Sepúlveda, primero como interrogador experto de los altos ejecutivos de las empresas de administración pública del sector estratégico para la primera revuelta, y luego como administrador de los campos de prisioneros donde cumplían condena los ideólogos del triunfo popular. La mejor construcción de una verdad a medias, que se constituyó en certeza por insistencia, presentó a Rubirosa como un intelectual de la revuelta, un infiltrado y amante de la mujer del torturador. Pusieron además en dudas el suicidio del coronel e insistieron en que la posición del disparo insinuaba más bien un asesinato, que habría sido planeado por los amantes.

Rubirosa tuvo razón. Ese día sólo llegó Rommel Miranda a la casa de la calle Brescia. Con él bajo el parrón de las tertulias que hacía ya mucho tiempo que no compartía, intentamos simular que no pasaba nada y tensamos nuestra conversación en temas que queríamos hacer parecer relajados. Ályson, como siempre, con su melena rubia casi blanca, desordenada, batió el aire sentada en las rodillas de Rubirosa y jugó a dar pequeños puntapiés a los zorzales que comían a su alrededor. Rommel intentaba explicar el significado profundo de la pequeña Phoebe Pyncheon en la alegoría de Hawthorne "La casa de los siete tejados". "En el contexto de nuestra tertulia, tú juegas el papel de la pequeña Phoebe" le decía a la Carrascales, entre guiños, muecas, toces y golpes simétricos en los hombros con la barbilla. La evidencia del intento de desviar un tema que flotaba en el ambiente a ella le resultaba insoportable, de modo que trataba de callarlo contestando con sarcasmos llenos de amargo: "Eso lo ves tú, que tienes los cables tan pelados como Hepzibah Pyncheon", pero como Miranda seguía, sin darse cuenta de la molestia, ella saltó de las rodillas de Rubirosa y se dirigió a la esquina de la terraza donde Rommel se sentaba en su piso desvencijado de madera de tres patas, caminando con su ritmo de animal salvaje. "¿No entiendes de quedarte callado de una buena vez?, ¡por la gran cresta!" le gritó y luego, antes que Rommel Miranda, que la amaba en secreto, alcanzara a ponerse de pie, le apoyó el tacón del borceguí en el pecho y lo lanzó de espaldas sobre las clavelinas.

Ensimismado, Rubirosa miraba el intenso color del syrah que hacía bailar con un movimiento rítmico y persistente de la copa. La Carrascales volvió a sentarse en sus rodillas y le besó los párpados. Dijo: "¿En qué piensas? ¿Acaso no crees que también pasará, como todo pasa?". "Casi no lo creo" respondió. "¿No te das cuenta cómo la culpa me va dando alcance?". No recurdo la expresión precisa con que Rubirosa se refirió a la respuesta de Ályson, pero si puedo asegurar que fue de exasperación: Le parecía que dudaba de él y que lo acusaba de ambigüedad. Él habría respondido que la culpa era un ente diferente a la ejecución de una acción: "¡Jamás la habría asesinado!" confirmó, "pero tal vez tenga la culpa de ese crimen. ¿No lo entiendes?". Después de esto todos nos quedamos en silencio. Era un silencio duro, denso, triste y lleno de dudas. Recuerdo que sólo después de mucho rato Rubirosa levantó la vista de su copa y miró las ramazones del parrón arrugando los ojos como si quisiera prestar atención al sonido del silencio. Dijo: "Ya no cantan su tres notas dulces". Como si el universo estuviera hecho tan sólo de sincronías, en ese momento se oyeron tres golpes durísimos en la mampara.

Ya no recuerdo bien si fue Rommel o Ályson quien abrió la puerta, sólo recuerdo que apareció aquel hombre que Rubirosa había identificado como Gómez Arriaza impecablemente vestido, aunque toda su ropa tenía un toque ordinario, ya sea en el color negro verdoso de la tela, o en el género de mal acrílico de la camisa, o la corbata brillante, o más. Lo seguían dos hombres armados con esas metralletas azules cortas, sólidas, que parecen pesar mucho más que su tamaño, con chalecos antibalas también azules, con un enorme cartel en el pecho: "Detective, Policía de Investigaciones". Los dos escoltas se ubicaron uno a cada lado de la puerta como si fueran gemelos inexpresivos, con las herramientas apuntando al suelo y la mirada al infinito. "Bien Rubirosa" dijo Gómez, "usted se va conmigo". "¿Todavía acostumbra a no tener órdenes escritas?" dijo la Carrascales. Como si el que hubiera hablado hubiera sido Rubirosa, sacó un papel sellado, doblado, timbrado, estampillado y con una enorme firma que cualquiera pudo repetir y se la pasó. Recuerda Rubirosa que lo miró sin ver. Sólo pensó que esa firma era igual a la del notario y a la del teniente que extendía los salvoconductos, y a la del gerente de la editorial que le firmaba los cheques de derechos de autor y a la suya propia: Una firma rápida, lanzada, oscilante, sinuosa extendida sin bucles ni látigos, terminada en una vírgula inevitable. No pudo leerla. Dice que recuerda haber pasado la orden a Ályson, pero no fue así, o si fue de esa manera a mi me falla la memoria. Recuerdo haberla recibido de sus manos, aunque bien pudo pasármela la Carrascales luego de leerla. Si la firma era válida, si los sellos y timbres eran verdaderos, si las estampillas tenían la valoración requerida, entonces Rubirosa estaba arrestado por orden del décimo séptimo tribunal del crimen de la capital, bajo la custodia de la policía de investigaciones para ser interrogado por instrucción de la jueza subrogante América Revolución Ezkarapov Elorza. Gómez Arriaza se lo llevó esposado y a empellones, mientras los gemelos de las metralletas custodiaban inútilmente la puerta de salida de la casa al parrón por donde vi salir por última vez hace ya tantos años a Camille cuando huyó a Francia. Ályson siguió a Gómez Arriaza gritándole insultos y dándole puñetazos en la espalda por maltratar a Rubirosa: "¡Déjalo maricón! ¿No ves que está esposado?". Rubirosa recuerda sólo este detalle de su salida arrestado. Siempre se preguntó "¿Por qué ella le informa que estoy esposado, si sabe que fue él mismo quien me esposó?". Mucho más tarde, quizás años después, escribió el relato "El delincuente" donde recoge esta reflexión y le da múltiples respuestas, intentando develar el pensamiento femenino, sin conseguirlo de modo alguno. No obstante, en aquel relato, y es posible que también ahora habría de ser lo mismo: El delincuente, en definitiva, quedaría libre gracias a la extraña intervención de una mujer. Cuando Ályson volvió a salir por la puerta que da al parrón, con su andar salvaje, marcando con furia el ritmo de sus pasos, los gemelos giraron maquinales y especulares y se fueron tras su escoltado. Desde el parrón oímos la zalagarda de sirenas y pitos que anunciaban su partida y delataban al vecindario y al universo el oprobio del escritor. Todos los pájaros que se escondían entre las ramazones del parrón huyeron despavoridos dejando en su escape una cagadera impresionante. Esto último es una suposición de Rubirosa que ya se encontraba en la calle. No recuerdo ese evento aunque Ályson insiste que es verdad.

Recuerda Rubirosa que Gómez habló por radio durante todo el trayecto, mientras tres vehículos los escoltaban con varios efectivos asomados de las ventanas con gestos amenazantes, que iban haciendo despejar el camino, de modo que llegaron bastante rápido al cuartel de la brigada de homicidios, a pesar que dieron un rodeo que le pareció del todo inútil, como si quisieran pavonearse de su presa. Los cuatro vehículos del operativo llevaban balizas azules centelleando y sirenas ululantes. Al llegar había un buen número de policías armados protegiendo la llegada como si el prisionero fuera altamente peligroso. Lo bajaron a tirones y empujones hasta que lo metieron en el cuartel. Ahí lo llevaron a una pieza grande y vacía, con todas las ventanas tapiadas. Sólo había una mesa de estructura de fierro verde y cubierta de madera prensada y enchapada, con sillas metálicas alrededor, un armario enorme, también de metal y unas lámparas de luz fluorescente verde colgando muy alto del techo. Nada más. Ahí lo dejaron solo durante un tiempo infinito, quizás toda la noche. En algún momento Rubirosa se sentó en una de las sillas, agotado y dejó caer la cabeza sobre los brazos, apoyados en la mesa para descansar. Cree que alcanzó a dormitar breves minutos cuando entró Gómez Arriaza con otro, conversando alegremente. Ambos estaban peinados, fragantes, planchados como si se hubieran bañado recién, como si en ese mismo momento vinieran llegando al trabajo. Rubirosa pensó que serían las nueve de la mañana (le habían quitado el reloj y otros enseres, incluidos los cordones de los zapatos). Se sentaron en la mesa conversando entre ellos como si el prisionero no hubiera estado ahí. Hablaban de algún festejo, de la comida y la bebida, de licores, de cerveza, de trasnoche de cansancio y amanecida. El otro reconoció haber dormido poco, mientras que Gómez se había retirado temprano. El otro había despertado con una sed tremenda y mal gusto en la boca. "Todavía estoy raja" dijo y agregó: "No como ustedes que están fresquitos y descansados". La frase parecía incluir al detenido. A Rubirosa le dolía vagamente la cabeza y sentía mal sabor de boca. "Vamos a tomar un café" invitó el otro. Gómez Arriaza aceptó. Tal vez pasaron dos horas o diez minutos antes que volvieran. El otro traía una cuerda del grueso de un dedo índice de mujer y de unos dos metros de largo. Gómez Arriaza venía comiendo un trozo de sandwich con carne y palta que le untaba los dedos, a los que frecuentemente les pasaba la lengua para limpiarlos. En la mano libre traía un vaso plástico con una bebida oscura y espumante. Se volvieron a sentar. Gómez lanzó un eructo profundo y perfumado. El otro bromeó mientras trenzba un nudo en el extremo de la cuerda. A Rubirosa le llegó el aroma de la carne, el pan remojado en espuma y el azúcar de la bebida. Creyó sentir nauseas. Recuerda que se preguntó: "¿Por qué no me hablan?". Se le pasó por la mente preguntar qué querían de él, pero sentía demasiado cansancio y tuvo temor de no expresarse correctamente. Entonces recordó los castigos del campo de prisioneros y la satisfacción de los pequeños triunfos que a veces lograba cuando después de días encerrados en un calabozo, o en esa caja que llamaban el infierno, a fuerza de orgullo aparentaba no estar afectado y decidió hacer de cuenta que no estaba ahí y que ellos no existían. Se incorporó para escapar del olor del eructo y se fue a parar apoyado en la pared más lejana. Ellos aceptaron el desafío y tampoco hicieron nada. Siguieron conversando como si él no estuviera ahí. Después de un tiempo, como si terminaran una reunión privada, se incorporaron y se fueron. El otro dejó la cuerda que estaba anudando olvidada sobre la mesa. Tenía en un extremo un nudo corredizo.

La siguiente vez Gómez Arriaza volvió solo. Rubirosa creyó que había entrado justo cuando comenzaba a dormitar de modo que sintió un cansancio agobiante. Gómez tomó con desagrado la cuerda e hizo un gesto de desaprobación. Abrió el armario y la anudó en la barra para colgar ganchos de ropa con un nudo de doble gaza en ocho y probó su resistencia. El ojo del nudo corredizo que había hecho el otro policía en el extremo, quedó a un metro y veinte centímetros de altura, según calculó Rubirosa. Pensó que una persona podría ahorcarse ahí si se dejaba caer sentada, pues el espacio era bastante amplio, pero rechazó, turbado, el pensamiento. Gómez dejó la puerta del armario abierta, de modo que él podía ver el nudo todo el tiempo. Recuerda que se dijo que era extraño dejar la cuerda a la vista, si su actitud al sacarla de la mesa parecía de censura, sin embargo la falta de sueño le confundía el pensamiento y prefirió rechazar el tema de su mente. Entendió, en todo caso, que había ahí una frase en un lenguaje simbólico, que por demás él mismo solía utilizar en su literatura, de modo que hizo un esfuerzo por ignorarla: "Preferiría no comprender" se dijo. Gómez se sentó frente a él en silencio y se miró largo rato las manos entrelazadas. Rubirosa supo que no pretendía evadir su mirada sino apropiarse del control y del tiempo. Después de largo rato lo miró y dijo: "Bien, Rubirosa: Hagamos esto rápido para que podamos ir a comer algo y a descansar, ya que sus amigos no se han preocupado, ni siquiera, de traerle un abogado". Rubirosa sintió que una desazón extraña corría por su interior. Hasta ahora no se había percatado que lo habían abandonado. Recuerda que su vista se fue, sin querer, a la cuerda colgada en el armario. "¿Desea que le traigamos uno?" preguntó Gómez. Rubirosa creyó sentir un aire sardónico en la pregunta. Guardó silencio y enfrentó la mirada del otro tensando la suya hasta que sintió que anulaba el control del otro. Todavía esperó un minuto más. Dijo entonces: "No tendría nada que decir ni con abogado ni sin él". "Podría decir por qué la asesinó" respondió el otro, retirando la vista en un gesto absolutamente falso. Rubirosa confiesa que pensó que era un recurso: "Pudo haber resistido mi mirada bastante más". Se dijo a sí mismo: "¡No logrará engañarme!". Sólo repitió: "No tendría nada que declarar", pero reconoció con rabia que Gómez había descubierto su abandono. "Siempre he estado solo" se dijo. "Siempre he sido yo quien los ha acompañado a ellos" pensó, sintiendo un desagradable peso en el pecho. Otra vez se sorprendió mirando la cuerda. "No los necesito. ¿A quién le importa? ¡A nadie le importa!" concluyó. Gómez, incorporándose respondió: "En ese caso podemos conversar más tarde. Tal vez ya tenga, entonces, alguien que lo aconseje" y se fue sonriendo con ironía.

Rubirosa intentó dormir. Se sentía fatigado, de modo que apoyó los brazos sobre la mesa y dejó caer la frente sobre ellos, luego cerró los ojos. No pudo conciliar el sueño. Pensaba en por qué nadie había venido a buscarlo. "Me están olvidando" se dijo, "no me importa, ¿A quién le importa?" pero de uno u otro modo estaba obsesionado con esta idea y no podía dormir. A pesar de todo en algún momento el cansancio pudo más y se perdió en una oscuridad pesada. Con todo, cree que no pasaron más de tres minutos antes que volviera Gómez con el otro policía. "Bueno Rubirosa" dijo el otro, remeciéndolo para que despertara: "Lea esto y fírmelo aquí" dijo, poniendo frente a él unos papeles escritos a máquina, con muchas enmiendas tachadas y algunas reescrituras de palabras que no quedaban del todo claras, y un lápiz de pasta mordido por la parte trasera, con un elástico enrollado en la mitad. "¿Qué es?" preguntó. "Su declaración" dijo Gómez. "No he hecho declaración alguna" respondió. "No es necesario: Sabemos bien qué tiene que declarar" respondió. "Con esto bastará para que pueda ir a comer y dormir. Nosotros no lo vamos a abandonar" agregó el otro policía. Rubirosa pensó que le convenía saber qué querían que declarara y leyó el documento incluidas las enmiendas.

Se acusaba de haber asesinado a Olvido en cierta fecha precisa que le pareció posterior a su desaparición en al menos una semana. La causa sería que ella estaba arrepentida de haber asesinado al coronel Sepúlveda y pensaba confesar y relatar por qué lo había hecho. Él habría intentado evitar su confesión lo que habría deteriorado la relación. Ella, por temor habría jurado no delatarse pero no la creyó confiable y finalmente la asesinó de un tiro en la nuca, igual que había muerto Sepúlveda. Rubirosa la había arrojado al río en el Parque de los Reyes, lo mismo que el arma. Pensó que la acusación, por sí misma era tan terrible que siendo muy probable que ésta ya circulara en toda la prensa, era seguro que jamás se libraría de esa culpa. A la vez se dijo: "En cierto modo, sin haber sido el asesino, soy culpable de su muerte. Yo la asesiné en el desierto cada vez que la amé". Se tapó la cara con las manos y reflexionó que la culpa judicial era casi nada junto a la culpa personal y menos aún frente a la condena social irreparable. "¿A quién le importa si firmo o no?" se dijo y tomó el lápiz. Sintió más que nunca el dolor intenso de la culpa que siempre lo agobiaba y no se explica por qué, en ese momento, llegó al convencimiento que acusarse podría ser una forma de redención. Escribió esa erre extraña y característica de su firma y sintió como si le estallara toda la adrenalina acumulada en el cuerpo, entonces rayó con furia sobre ella, tachando, hasta que el lápiz pasó hacia el otro lado del papel. Gómez Arriaza soltó una risa cínica y forzada. El otro meneó la cabeza negando. Dijo, sin mirar a Rubirosa: "Lamentablemente habrá que hacerlo". "No, no. Hay que evitarlo" dijo Gómez como si temiera. "No hay más solución", dijo el otro. "Mañana hay que llevarlo con el juez y no tiene una declaración firmada". Rubirosa miró el armario metálico, con las puertas abiertas y vio la cuerda. Los dos policías se fueron y lo dejaron solo con la declaración. Cuando volvieron traían un balde con agua y varias toallas. Sin decir palabra lo desnudaron y lo hicieron ponerse frente a la pared con las manos apoyadas en ella. El otro policía mojó una de las toallas y la enroscó, estrujándola, de modo que quedó como una porra y lo golpeó en la espalda a la altura de la cintura con una fuerza inusitada. Gómez Arriaza lo atajó y le impidió que diera el segundo golpe. "¡No seas bestia!" dijo, como si fuera el protector del prisionero. "¿Acaso no te das cuenta que eso es una brutalidad?". El otro con voz serena respondió: "Es necesario" mojó la toalla otra vez y descargó otro golpe. Gómez le quitó la toalla de las manos y la lanzó a un rincón. Ayudó a Rubirosa y lo llevó a sentarse. "Es mejor que firme" le dijo. "Yo no puedo evitar el procedimiento". Rubirosa, sin querer, vio de nuevo la cuerda en el armario. Sintió que los golpes lo habían reventado por dentro pero volvió a recordar los pequeños triunfos cuando resistía el infierno o las horas de rodillas en mitad del desierto, e incluso los simulacros de ejecución, sin una queja. "Hay que ayudarlo un poco más" dijo el otro arrancándolo de la silla. "¡No! no" dijo Gómez, "va a firmar... va a firmar" y se interpuso entre ambos. Se produjo entre ellos una discusión que Rubirosa sintió absolutamente falsa. Finalmente el otro le gritó en la cara: "¿Vas a firmar? ¡Sí o no!". Gómez insistió: "Sí. Sí va a firmar. Sólo dale un tiempo". Rubirosa dijo: "Preferiría no firmar". Gómez abrió los brazos y sacudió la cabeza como vencido. Lo volvieron a poner contra la pared y lo golpearon hasta que no pudo tenerse en pie. "Es mejor que firme" dijo Gómez: "¡Por favor!". "Preferiría no hacerlo" respondió. "Déjalo descansar para que piense" rogó Gómez. Entonces el otro lo arrastró al interior del armario metálico y lo encerró pasando la aldaba. Rubirosa alcanzó a vislumbrar la cuerda colgada y luego perdió el conocimiento, había conseguido su pequeño triunfo.

Despertó en la oscuridad intensa del interior del armario, y no lograba pensar donde estaba ni explicarse nada. Sentía urgencia de tomar alguna decisión, pero no sabía cuál, ni sobre qué. Casi por instinto alargó las manos y se topó con la cuerda. "Todos me olvidaron" pensó, "pero a quien le importa: A nadie le importa". En la oscuridad buscó con las manos hasta que encontró el ojo del nudo corredizo. Jugó un rato con él, mientras recuperaba la plenitud de la conciencia. Quiso levantarse para ver si podía pasar la cabeza por el nudo, no lograba explicarse por qué. Dice que tal vez pensó que era "más por medir la eficiencia de Gómez Arriaza que por quitarme la vida" aunque sintió cierto vértigo con la idea de librarse de todas las culpas y la tortura. "Sería un cierto castigo para los que me han olvidado" se dijo, "verían lo que es perderme". Cuando relata estos sucesos dice que tiene dudas de si todo aquello lo pensó entonces o si lo inventó mucho después. Se sujetó de la cuerda e hizo el esfuerzo de izarse. Sintió que le dolía todo el cuerpo por dentro, supo que no sería capaz de moverse y por un momento sintió lástima de sí mismo. De inmediato pensó, no sabe por qué, en Camille y tuvo una nítida imagen de ella con un canesú entre manos observando por la ventana de su taller hacia la tertulia del parrón. "No recuerdo nada más" relata. "Sólo sé que alguien me había vestido. Estaba bastante aturdido y cargado de cadenas en un carro celular con otros prisioneros. Nos llevaban ante el juez". Todo el episodio del interrogatorio, casi idéntico lo incluyó en "El delincuente". En ese relato el delincuente es abandonado por sus cómplices y él paga por todos ellos. De un modo incierto la culpa del delincuente es algo más bien nominal o relativa. Incluso en ciertos pasajes el lector llega a tener la sensación que la culpa del delincuente es de uno u otro modo de la misma índole que la culpa que, de alguna manera, todos arrastran, salvo que en este caso es explícita en una sentencia condenatoria mientras la del lector es oculta, íntima y sagrada. De esta forma el lector llega a sentirse cómplice del delincuente. Rubirosa confiesa que no está seguro de buscar el perdón social con este relato: "Pero tal vez sí". Como sea, éste forma parte de un libro, del mismo nombre, donde todas las narraciones analizan la culpa, cl perdón, la reivindicación y sobre todo la soledad que la culpa incluso inocente, acarrea y produce.

El juez dijo: "¡Vaya! Otra vez aquí Rubirosa: Millán versus Rubirosa" recordó de inmediato. Miraba al techo de la sala como evocando. "Aún recuerdo sus teorías promoviendo la violencia. Al menos ahora se ha reconocido culpable" concluyó mirándolo burlón. "Jamás lo haría" contestó Rubirosa. "Aquí tengo su confesión" levantó los papeles que le habían dado a firmar. "Esa no es mi declaración. Gómez Arriaza y el otro policía pretendían que la firmara, pero no lo hice". El juez le mostró la "Erre" que el había trazado y rayado y le preguntó si esa no era su firma. Rubirosa negó. "Sin embargo ¿esta grafía la hizo usted?". La pregunta más parecía una afirmación. Dice que reconoció la autoría del rayado, de lo cual el juez concluyó que aquella "Erre" denotaba su intención de firmar, aunque prefiriera, finalmente, abstenerse. "Tenemos además sus antecedentes de violencia" dijo el magistrado y le aseguró que difícilmente escaparía de una condena severa. "Pensé que todo era circunstancial, que estaba terminando el trabajo de ablandamiento de Gómez y el otro. Preferí no decir nada. Sólo aumentaría su antipatía" asegura Rubirosa. Dijo entonces: "No se me ha permitido tener un abogado". "No he hecho ninguna acusación aún. No sería necesario. Además está incomunicado" dijo el juez con algún desprecio. Rubirosa reclamó su derecho: "Se me debe permitir un abogado". El otro respondió: "¡El juez soy yo!. ¿Me va a enseñar a administrar la justicia?".

"Me llevaron, por orden del juez, a Capuchinos. Al menos ahí los prisioneros no éramos delincuentes habituales y pagando uno tenía ciertas comodidades", dijo. Ahí pudo recibir al abogado que habíamos buscado y también la visita de Ályson y de Rommel. No aceptó otras. Sin embargo, reconoció mucho después, que había recibido la visita de un segundo abogado. Éste consiguió la libertad bajo fianza y a la larga se haría cargo de la defensa. Toda la acusación se basaría en la declaración de Rubirosa, que éste marcó con esa "Erre" fatal y en los antecedentes que, según el juez, demostraban que Rubirosa era un promotor de la violencia y tenía condenas previas por eso. El arma se encontró, tal como decía la declaración, en el lecho del río a la altura del Parque de los Reyes. Con ella se había asesinado a Olvido, sin ninguna duda, pero estaba limpia de huellas. Los antecedentes de la compra del arma y su inscripción eran falsos y estaban a nombre de un tal Yefferson Rubinar que había muerto hacia mil novecientos cincuenta y dos.

El juicio se alargó por muchos años y a pesar del escándalo se fue olvidando con el tiempo. Cuando se dictó la sentencia nadie recordaba los hechos y el escándalo reventó de nuevo aunque Rubirosa ya estaba, para ese entonces, destruido. Aunque los amigos volvieron a la tertulia, ya nunca volvió a ser lo mismo. No obstante que escribió muchas otras obras, ninguna se vendió aquí y el era un desterrado virtual. Con el tiempo y el olvido también los amigos desaparecieron tras otras figuras.

Ese amigo

No estoy seguro si lo olvidé, o quizás no lo supe nunca, o si lo quise olvidar con toda intención. Sólo puedo decir que no lo recuerdo y que quizás ni es importante, así que le llamaré tan sólo "el amigo de Rubirosa" o "ese amigo". El mismo Rubirosa sólo lo llamaba "mi amigo". Él se sentaba siempre a su diestra, bajo aquel parrón de su casa donde se reunía la tertulia. Siempre lo recuerdo sacudiendo de sus hombros la caca de pajarito que ocasionalmente caía de las ramazones, o arrebatando de sus manos un racimo de uvas para lavarlo en la llave detrás de la columna.

Ese amigo casi nunca hablaba, y cuando lo hacía, la mayor parte de las veces contradecía a Rubirosa, o le pedía cuenta de sus actos o dichos. De este modo lograba, dentro de la tertulia, cierta simpatía ambigua entre los envidiosos que la frecuentaban moviéndose entre aguas. Era además frecuente verlo pelearse con la Carrascales, que de ninguna manera le tenía simpatías, pero que tenía que entenderse siempre con él desde que este amigo permanecía a la diestra de Rubirosa ostentando cierta preeminencia.

Cuando Rubirosa fue detenido, y denigrado por la prensa, desapareció de la tertulia, tanto como todos los otros, pero con el tiempo todos comenzaron a volver. Ese amigo, sin embargo, fue el último, pero como siempre y según se debe, se había vuelto a instalar a la derecha del maestro y poco a poco volvía a sacudirle las cacas de jilguero y a lavarle las uvas. También solía llegar con regalos aparatosos aunque de escaso valor. Por eso me había extrañado que no quisiera participar cuando buscamos un abogado para que defendiera a Rubirosa y sólo dijo "Si lo hizo es necesario que pague su culpa" y se marginó.

Había quienes murmuraban, burlonamente, que rondaba en torno al maestro no por su influencia, ni por que lo admirara, y ni siquiera por respetarlo, aun cuando estaba atento a servirle vino, a preparar refrigerios para él, a cortar el queso y hacer rollitos de fiambre para el aperitivo; sino por la Carrascales, con la que reñía como una forma de castigarla por su preferencia por Rubirosa. Alguien contó, cierta vez, que había presenciado una odiosa discusión entre Rubirosa y este sujeto, en la que había intervenido Ályson, por supuesto a favor del maestro, a lo cual el amigo la había enfrentado amargamente preguntándole: "¿Tú, Alys, de parte de quien estás?". La Carrascales se habría burlado de él y le habría dicho que por supuesto estaba ahí por el maestro y no por nadie más. Me parece que esta anécdota la refirió Norman Gutiérrez, y a mi, que no estuve en todo caso presente en la ocasión que la relató Rubirosa, me la relató Rommel Miranda, quien creo que la oyó de Norman pués tampoco él la habría presenciado. Digo ésto, entonces, como un deber de veracidad ya que pudiera ser el caso que no hubiera ocurrido jamás, aunque tiendo a creer que es cierta por los antecedentes que he recogido y que tal vez aclaren la situación, o la pongan de manifiesto en el curso de este relato, aunque finalmente será un asunto más apreciativo que certero.

Por esa época fue que volvió Camille, la mujer de Rubirosa, de Avignon, donde se había enriquecido diseñando vestidos de novia y representando poetas y escritores de primer nivel. Cuando ella se fue sólo llevaba sus agujas de bordar y sus bastidores. Tal vez algún tisú. Estuvo una semana en París pero según dijo después: "No soporté el aroma de su glamour" y se estableció en Avignon en la esquina de la Rue De La Croix con la Rue De L'Oriflamme. Desde ahí gestionó una gran industria del punto cruz y el bolillo, del encaje y el canesú, además de buscar editor para las obras de Rubirosa, que ella misma tradujo a un mal francés, llenándolas de éxito, tanto en ese idioma como en castellano al cual siempre era necesario recurrir como referencia. El éxito con Rubirosa fue fructificando lentamente, de modo que hubo muchos valores jóvenes y promisorios que se acercaron a ella para que los representara, hasta que llegó a ser la principal manejadora de escritores de toda Europa. Con los años llegaría a aburrirse de tanto poeta postmoderno y tanto narrador de vanguardia, y huyó de Europa, supuestamente a Nueva York, con un poeta de estilo romántico que venía mejor con su sentido musical de la poesía.

Un once de mayo, cuando el sol atravesó por última vez, según dijo después Rubirosa, las desnudas ramazones del parrón de su patio de tertulias, terminó el mito de Camille y su poeta en Nueva York. Apareció en el recibidor de la casa llena de maletas, baúles, paquetes y bultos de distintos tamaños y formas. Junto a un maniquí sin cabeza, y de ominoso busto, había un hombrecito de dudoso aspecto, que por lo apretados que tenía los labios contra los dientes, era sin lugar a dudas francés. "Et bien Honoré", dijo Camille mirando a su hombrecito "nous sommes chez nous". Luego, dejando el desorden de bultos y porquerías que traía, en el recibidor, salió al parrón de la tertulia comme une grand dame française y comenzó a repartir besos europeos a diestra y siniestra: "Comment allez vous?", "Merci bien", "Ou lala mon petit" "Quelle surprise!" y todo aquello. Rubirosa con gesto preocupado bajó a la Carrascales de su falda y la empujo con suavidad y decisión hasta entregarla a ese amigo, que aprovechó la instancia, no sin enrojecer ligeramente, de enlazarla por la cintura, a lo que Ályson se opuso tenaz, enterrando un taco de su borceguí en el zapato del desvergonzado. Rubirosa esperó de pie, con las manos enlazadas en su vientre y una tensa y temerosa sonrisa dibujada a la fuerza en sus ojos y labios. Camille abrazó con especial efusión a Chérchil, y antes que este reaccionara lo besó agresivamente en la boca, y luego mirando profundo a sus ojos sorprendidos le dijo: "¡Ah! no sabes cuanto esperé este momento. Tu ne sais pas!". Estoy seguro que todos evocamos la penosa escena cuando ella, antes de irse para siempre se sentó en las rodillas de Chérchil en un último gesto desesperado. Tal vez hoy hacía lo que hubiera querido hacer entonces.

Camille giró sobre la punta de su zapato y quedó enfrentando la tensa sonrisa de Rubirosa con la suya burlona. "¡Ya estoy aquí, querido!" dijo. Honoré, compungido, miraba a los contertulios arremolinados en torno a Camille desde su aspecto delicado, junto al umbral de la puerta de salida al parrón. "¿No estabas en Nueva York?" preguntó Rubirosa, y por primera vez supe que hasta los ídolos más grandes que uno llega a tener, aquellos que son para siempre nuestros maestros, para lo bueno, lo malo y lo ridículo, llega un momento en que nos dan pena. En ese momento los bajamos de su pedestal y se hacen entrañables. Ese momento mágico de Rubirosa se lo debo a esta llegada sorpresiva de Camille.

"¿Donde piensas quedarte?" preguntó Rubirosa con infinita ingenuidad. Pensé que era tan humano y frágil como mi hijo. Y me repetí interiormente la respuesta que ella iba dando llena de certeza, sin sorpresa: "Aquí. Ésta es mi casa. Nos instalaremos con Honoré en mi dormitorio, el de la ventana que visita el zorzal. ¿Aún lo hace? ¿Todavía va a pedir sus miguitas de galleta?". "Pero éso no es posible" dijo él. "Ése es mi dormitorio" alegó mirándonos a todos, como en busca de auxilio. "Te puedes instalar en la pieza de servicio" respondió Camille sin dejar de sonreir y agregó "El estudio lo ocupare para instalar mi taller como siempre". Rubirosa calló sin saber qué decir y la tertulia quedó congelada con este centro femenino que en un santiamén absorbió todas las energías. Poco a poco todos se despidieron y se fueron. Sólo quedó Camille y Honoré, Rubirosa y Ályson Carrascales, y ese amigo que aprovechaba de intentar asir los pechos respingones de la Carrascales por debajo de su axila.

Ályson protestó, mientras daba manotazos al amigo, para defender sus pechos, alegó que jamás dormiría en la pieza del servicio doméstico. "¿Acaso no eres un hombre que no me defiendes?" le gritó a Rubirosa que miraba desconcertado la situación. Camille aprovechó, mañosamente, ese desconcierto y agarrando a Honoré de un brazo flaco, tironeó su figura francesa y esmirriada de poeta pobre y lo plantó en medio de la escena. "Bueno" dijo, "ustedes ya conocen a Honoré, ¿cierto?" y lo arrastró de nuevo hacia la entrada del recibidor. "Vamos, ayúdame a desempacar" le dijo y desapareció llevando a Honoré como si fuera un perrito. El resto del universo quedó ahí congelado.

Ésto último, que no presencié, me lo relató la Carrascales, por lo que de modo alguno lo certifico, aunque corresponde con lo que había llegado a conocer a los personajes. Rubirosa en su relato lo calla.

La vida en común no era, para ambas parejas, nada cómoda. Camille había tomado posesión de la casa toda, ordenando, retirando alfombras poniendo tapices, colgando cuadros, comprando muebles de interior y terraza, y más, de modo que Rubirosa y la Carrascales habían quedado confinados a la pieza de servicio. En las tardes, a la hora habitual de la tertulia, Camille tomaba el lugar de honor que antes ocupara el maestro, y desde ahí atendía a los escritores, muchos de los cuales antes nunca fueron aceptados en estas sesiones casi íntimas, pero que eran representados por ella. Se podía decir que la tertulia había muerto y se había transformado en su hora de audiencias. Ahora Rubirosa se sentaba en un rincón con sus más íntimos y hablaban en voz baja, casi siempre de la nueva situación que Camille producía. El único que defendía la situación de la nueva cabecilla del parrón, desde la diestra, siempre, del maestro, era aquel amigo, que contradecía a la Carrascales. Los otros casi todos callaban. A veces Rommel Miranda, sentado en su piso de siempre, descolado, suelto y con telas de arañas, se llevaba sus finas manos, como de mujer, a la cara sorprendido de las expresiones de ese amigo que parecían defender algún mejor derecho de Camille: "Ella es una mujer y es más desvalida" decía el amigo. Rommel entonces, tapando su cara emitía unos gemiditos suaves y nerviosos, y se golpeaba luego ambos hombros alternativamente con la barbilla gruñendo gutural algo como "¡guok guok!".

Recuerdo bien que era viernes. Muchas veces uno se entristece por como la vida nos enfrenta y fustiga. Casi siempre sucede los viernes. Casi siempre le sucede a uno mismo, pero también otras veces le sucede a quienes queremos o admiramos y resulta mucho más triste cuando nos hace ver la fragilidad de quienes en algún aspecto nos resultan ejemplares cuando en otro cualquiera los reconocemos tan desvalidos.

Mi timbre eléctrico está irremisiblemente descompuesto, de modo que tengo una campanita atada a un cordel que tintinea al llamado de quienes me visitan. Esa campanita refleja el carácter o el ánimo de los visitantes. Cuando a veces, rara vez, viene Rommel Miranda a casa, la campanita apenas si tintinea, en cambio Norman Gutiérrez la hace sonar largamente y con fuerza segura. Rubirosa tocaba en alguna forma tal que se descubría siempre su prudencia, su cariño, y su sabia humildad, sin que llegara a ser un sonido tímido en modo alguno. Sin embargo era tan característico que se sabía de inmediato cuando uno tenía visita del maestro. Esta vez, en cambio, sencillamente no oí para nada la campanilla. Casi por casualidad de repente percibí más en la emoción profunda que en la propia madera, el suavísimo golpe en mi puerta. Extrañado abrí la hoja de madera para encontrar la mirada casi mendicante de Rubirosa, y el gesto derrotado de la Carrascales. "No sabía a quien recurrir" dijo él.

Camille había tomado una sirvienta, que le era según habría dicho, completamente necesaria, "de manera que no los puedo seguir teniendo en mi casa" concluyó. Cualquier instancia fue inútil. Camille me recibió cordial, incluso me hizo sugerencias íntimas recordando locuras de otros tiempos idos, sin entender que la debilidad de un día no justifica la debilidad endémica. Honoré sólo se ruborizaba apretando los labios contra los dientes sin emitir palabra, por lo que llegué a compadecerlo. Ella no cedió un punto en su decisión de impedir que Rubirosa viviera dignamente en su propia casa. "Es su obligación darme un techo" dijo, pero agregó que ella no lo tendría ni un solo momento en su casa con esa amante. Tampoco fructificó la vía legal. Entre los testigos que Camille llevaba fue fundamental ese amigo de Rubirosa. Declaró contra el maestro y su testimonio fue hostil, ante la sorpresa de todos. Sólo el propio Rubirosa quiso entenderlo: "Está muy desorientado, es que Camille lo ha convencido siempre" dijo. No por eso lo perdonaron los demás. Rubirosa perdió, para siempre, su casa, y el parrón donde, con tanto cariño, nos acogía.

Desde entonces la tertulia se hacía en un barcito de la calle Francisco Bilbao, a unas cuadras de mi casa. El propietario era un lector compulsivo de grandes autores, a los que conocía de memoria. A veces se sentaba en nuestra mesa (Casi siempre) y en ocasiones discutía con

Rubirosa sobre alguna obra del maestro. El propietario citaba un pasaje del maestro, y Rubirosa lo corregía. El propietario insistía, entonces Rubirosa decía con su sonrisa afable y casi paternal de siempre: "Pero si lo escribí yo". El propietario hacía un detente con la mano y partía a la buhardilla del bar donde tenía su oficina y habitación, y volvía con algún tomo de alguna edición ajada y amarilla de tiempo, de la obra en cuestión. "Aquí está" decía triunfal, y casi casi siempre tenía razón, aunque en todo caso a veces se equivocaba en una coma o una conjunción. A este bar tenía prohibida la entrada ese amigo. Pero Rubirosa siempre insistía en dejarlo participar. "Es mi amigo. Sólo tiene un defecto" y lo llamaba y lo instalaba a su diestra. Luego lo zamarreaba por el hombro con su mano fuerte de dedos doblados por el uso persistente de la Underwood, y le decía cientos de cosas que nadie oía con su gesto casi tierno y sin palabra alguna.

Muchos años después, cuando ya Rubirosa había dejado de hablar, y sólo se sentaba en la ventana del cuartito que le di en mi casa, a alimentar en su mano a los zorzales, que cagaron el alféizar hasta que cayó con estrépito lleno de mierda de pajarito, apareció un día ese amigo de Rubirosa en mi casa y no sé por qué lo dejé pasar a ver al maestro. Tal vez creí que podría alegrarle el día, o sacarlo de su mutismo pertinaz. Así fue.

Cuando vio al amigo, dejó de alimentar a los zorzales, y les lanzó las migas al patio. El amigo se sentó frente a Rubirosa que lo miró mucho rato a los ojos moviendo suavemente la cabeza, a veces de lado a lado casi imperceptiblemente; a veces de arriba abajo del mismo modo. Finalmente con los ojos húmedos dijo: "¿Por qué?". Su voz ya muy mermada y apagada por el desuso, tuvo el efecto de un disparo en el silencio sólo por su significado, después de tantos años que esa pregunta flotó proscrita cada vez que aquel amigo aparecía. Con algo de rubor y sujetando la certeza del gesto ese amigo dijo: "No es amigo el que te protege o te halaga, sino el que te favorece con su crítica, aunque brutal, y te golpea con fuerza, si es necesario, para corregirte. Yo te hice un favor".

Traidor

No recuerdo quien contrató al otro abogado, tampoco me lo dijo nunca Rubirosa. Sí recuerdo que tuvo fuertes conflictos con el que habíamos tratado sus amigos de la tertulia. El nuestro insistía en poner una querella por maltrato y brutalidad policíaca, secundado por la Carrascales que parecía más dolida por el procedimiento policial que por la acusación que recaía sobre Rubirosa. Éste decidió que había campo para ambos abogados de manera que el nuestro se lanzó en "esa aventura sin destino" según dijo el otro, mientras que aquél, que tal vez contrató él mismo o alguien más, tomó la defensa de la acusación del crimen de Olvido. Con el tiempo fue claro que nuestro abogado perdió el tiempo y ganó honorarios y anticipos inútiles, mientras el otro al menos dilataba los procedimientos, siempre eternos, de la justicia. En aquel tiempo solía recibirnos el abogado que habíamos contratado y escuchaba nuestros testimonios y los reiterados relatos de Rubirosa sobre la golpiza recibida en el interrogatorio, el contenido de la declaración que nunca firmó, los pormenores de la entrada a la casa de la avenida Brescia de Gómez Arriaza y cómo lo habían llevado detenido. Todo aquello más bien parecían sesiones de terapia catártica, que el abogado disfrutaba y que en ocasiones nos enfrentaba en duras recriminaciones. La Carrascales acusaba a Rommel de no haber defendido a su amigo y a mi de no haber impedido el arresto, a la vez que obligaba a Rubirosa, que finalmente cedía, a darle la razón. Rommel Miranda quedaba paralogizado, en medio de sus tics ante tales "acusaciones completamente injustas" decía Rubirosa, aunque luego se desdecía ante la furia de la Carrascales: "Te estoy defendiendo, ¡idiota!. ¿De parte de quien te vas a poner?".

Rubirosa relata esas sesiones descarnadamente, como si el protagonista del problema fuera alguien distinto de él mismo. También parecía literaturizar la participación de los demás, y nos dibujaba casi como figuras de comedia, sin ideales profundos o sentimientos sólidos. Yo mismo no me siento interpretado en ese papel y mi participación en esas sesiones bizarras sólo se debía a la estimación que sentía por él y el interés de colaborar en probar su inocencia en la que por entonces creía. Incluso en el relato me hace participar en algunas sesiones tardías de las que no participé en modo alguno y en las que me acusa de actitudes del todo alejadas de mi intención.

Recuerdo que dejé de asistir a esas sesiones, aun cuando Rubirosa trataba de llevarme aduciendo razones absurdas como que yo había estado presente en su detención y ahora lo acogía en mi casa, de manera que la sincronía nos obligaba: "Siempre has compartido los momentos claves de la vida de este hombre desvalido. Algo me debes por eso" decía. Después diría que "a veces yo creía que el juicio comenzaba a traicionarlo. Fue doloroso". Incluso reconoció que había llegado a sentir cierto recelo. Todos esos conflictos hicieron inútil y más bien dañinas esas reuniones.

Fue por entonces que un día que nos quedamos solos en ese barcito de la calle Bilbao, mientras el propietario escarbaba en su buhardilla unas viejas ediciones de las obras tempranas de Rubirosa, me dijo que "había uno que me traicionó, era ese que mojaba su pan en mi plato". Estábamos recordando épocas pretéritas cuando la aventura de escribir culminaba en la trastienda de don Manolo, en la librería del puente y no era necesario respetar regla ninguna que satisficiera grupos de poder o comercio. "Fue en esa época cuando escribí Una revolución ajena" dijo, esa obra que tanto dolor me ha costado.

Cuando lo relata dice Rubirosa que me clavó la vista intentando disimular el dolor que volvió a sentir vivamente en ese momento, arrugando los ojos hasta que fueron apenas dos líneas húmedas. Mintió al decir: "No recuerdo ya su nombre ni su rostro; no quisiera hacerlo". Asevera que durante un tiempo tuvo que tenerlo a su lado para su seguridad. "Mientras el traidor estuviera a mi lado sus cómplices no me harían daño" dice. Comprendí, entonces, muchas cosas. Quise desmentirlo y decirle que se equivocaba, pero me di cuenta que él se refería a mi, pero no me culpaba, sólo parecía enfrentarme con esa culpa que él me asignaba, sin acusarme y por lo tanto no podía defenderme sin hacer evidente su acusación y a la vez aceptarla como posible, lo que de algún modo implicaba una aceptación de la culpa. Por lo demás, recordé lo que siempre sostenía y traslucía en sus obras: La verdad se construye sólo muy lentamente. Él llevaba años y años y más años construyendo mi traición supuesta y cuando eso ocurre, la argamasa que pega los ladrillos de la verdad construida está tan sólidamente adherida y une las partes de aquella verdad tan fuerte que se requerirá de una similar lentitud para destruirla y ya no había tiempo. Sólo dije, imitando su estilo: "A veces la verdad está sobre rocas. Otras sobre arena. A veces es cuestión de esperar que el viejo océano despeje los cimientos que la sustentan. Preferiría pensarlo así". Me recordó cuando yo le había destruido aquella obra, de la que había desencajado una escena y "después desapareciste, quizás a ejecutar tu traición". Me culpó de la quema de aquellas ediciones de sus obras que con infinito amor habían nacido en la librería del puente. "Me robaste a mi mujer" dijo, "y me entregaste a los esbirros de la primera revuelta". Recordé aquella tarde con Camille, antes que ella huyera con Orgüel Fernández, cuando la Carrascales comenzó a sentarse en sus rodillas. Nunca creí que Rubirosa hubiera llegado a saberlo. Incluso entonces creo haber tenido serias dudas. Quizás era sólo una manera de resolver una sospecha que siempre lo había herido. Tal vez desde entonces había venido alimentando desconfianzas y rencores. "Nada más he tenido que recurrir a ti porque me era necesario. Por eso vivo en tu casa" concluyó. "Ahí jamás seré sentenciado de las culpas que cargo y no tengo" dijo y se quebró. Asegura, al relatar esta situación que notó rabia y sorpresa en mi al sentirme sorprendido: No es verdad.

Ese día, al volver a mi casa, y los siguientes, Rubirosa se encerró en su dormitorio, con la Carrascales sentada en sus rodillas junto a la ventana y alimentó a los zorzales con migas de galletas "Maravilla" con la vista perdida entre sus recuerdos y las culpas que otros habrían creado para él, aseguraría más tarde. No obstante, es necesario decir que lo oí reír permanentemente, con lujuria.

Al fin, después de muchos días sin salir de su dormitorio, un día llegó Camille con Honoré a visitarlo. Le explique que se había encerrado en su pieza y que sólo sabía de él cuando la Carrascales pasaba en paños menores, casi desnuda, casi provocativa, a la cocina a hacerle un desayuno, o a prepararle almuerzo. De todos modos hice el intento de anunciar la visita ya que ella era su representante y entendía que Rubirosa tendría, tal vez, algún manuscrito que proponerle. Me acerqué a golpear la puerta y oí risas y gritos de juegos eróticos. Era claro que estaban disfrutando del encierro ahí dentro, pero cuando oyeron los golpes se hizo un silencio instantáneo y profundo. Fue como si no hubiera habido nadie. Insistí suavemente pero no hubo respuesta, ni tampoco cuando llamé a Ályson o a Rubirosa. El silencio era absoluto. Camille, exasperada, paso delante mío y simplemente abrió la puerta y entró al dormitorio. Ahí estaba Rubirosa con la Carrascales sentada en sus rodillas. Él lanzaba migas de galleta a los pajaritos con la vista perdida en la lejanía del jardín mientras ella con la cabeza recostada sobre su pecho le acariciaba la frente y el pelo. "Vengo a hablar contigo de todas aquellas cosas que has mantenido pendientes tantos años" le dijo y señalando a la Carrascales le ordenó: "¡Sácala de aquí!". "Preferiría no hacerlo" respondió sin dejar de alimentar a los jilgueros que revoloteaban en el alféizar de la ventana. Camille insistió varias veces, incluso argumentó con diferentes propuestas, pero fue siempre lo mismo: "Preferiría no hacerlo". Finalmente pateó el suelo con ira, haciendo volar a los pajaritos y salió de la habitación donde esperábamos Honoré y yo, mirándonos sin hablar. "Trae una silla" ordenó Camille al francés. Él la siguió al dormitorio. Cuando él hubo entrado cerró la puerta con furia.

Rubirosa cuenta que entró y se sentó en la silla que llevaba Honoré, luego le ordenó a él: "¡Siéntate!" golpeando con la mano sus rodillas. Imaginé a dos ventrílocuos discutiendo sus cuitas a través de sus respectivos muñecos. Camille venía a urgirlo por los compromisos editoriales que ella misma habría tomado, por los cuales había percibido a nombre de él honorarios que Rubirosa no recordaba haber disfrutado. "Si hubiera dispuesto de esas cantidades no viviría de la caridad de mis amigos" alegó. Ella lo acusó de gastarlo todo en farras y mujeres que sentaba en sus rodillas como vírgenes a pervertir. Dice que le respondió que quienes se sientan en sus rodillas son sus compañeras reales, y no lo traicionan como otras mujeres que huyen con sus amigos o viven intentando sus triunfos personales en vez de ofrecer su lealtad. "Recuerda que tu intentabas hacerte rica con tus costuras de moda, mientras me tenías abandonado". "Alguien tenía que mantener los gastos", alegó Camille. "¿Y disfrutar de la lujuria con mis amigos?, ¿Huir con ellos?, ¿Escapar a Francia?" le recordó. "Argumentos, argumentos, argumentos sin valor" reclamó ella. "Aún usas esa técnica vieja de argumentar sin importar qué argumentas. Eres como ese viejo ciego al que no le importaba mentir si la mentira era buena y útil a sus fines" agregó. Rubirosa aseguró que ella lo había traicionado y lo había abandonado sin motivo alguno: "Te daba todo lo que tenía. Nunca te negué nada y me dejaste porque quisiste. ¿Qué quieres ahora?. Incluso te acogí en mi casa cuando volviste y ahora hasta eso me quitaste ¿Qué más quieres de mi? ¿Acaso no viviste de mis obras en Francia? ¿Y ahora: No vives de ellas?". Camille se habría enfurecido, según cuenta Rubirosa, y habría dado un empujón a su hombrecito francés, que cayó como un muñeco de trapo a un lado e incorporándose habría señalado a la Carrascales: "Tú te sentabas a esta gata en las faldas lo mismo que ese viejo ciego, y ahora argumentas y argumentas como ese ciego, mientras yo me rompía las manos para darle de comer a ella, a ti y a tus amigos que profitaban bajo ese parrón". "Yo no siento gatas en las rodillas como ese ciego. Prefiero sentar mujeres que me amen y me sean leales. Nadie más me ha sido tan leal, incluso cuando caí en desgracia o cuando todos me abandonaron". Camille terminó de descargar su rabia contra Honoré, que seguía en el suelo. Dándole un puntapié le gritó: "¡Allez allez!" y lo sacó a tirones. Desde la puerta le gritó a Rubirosa: "¡Habla tú con el editor!".

"Ya no sabría hacerlo" le dijo Rubirosa después, a Rommel. Le pidió que le suplicara a Camille que ella se hiciera cargo. "Sin embargo", le dijo, "no le dejes saber que yo te lo pedí". Le entregó algunos manuscritos para que ella negociara, entre los cuales había un esbozo del relato que mucho después se publicaría bajo el título de "El delincuente". El editor lo rechazó y Camille lo devolvió algunos meses más tarde, no obstante lo cual consiguió un anticipo que ella gastó, según asegura Rubirosa, en suplantar sus tertulias en su propia casa y con sus amigos, con los que logró inventar una corriente literaria del todo falsa que contó con el apoyo del ministerio de la cultura gracias a su compromiso político. "Traicionan sus principios, su independencia y a quien les enseñó lo que saben, por treinta monedas de plata" se quejó, no sin cierto desdén.

A partir de entonces comenzó a decantar sus sentimientos que se fueron haciendo más y más recalcitrantes. "Este abogado no hace nada, pero las reuniones con él me van abriendo tanto más los ojos. Aprendo quienes son mis amigos y quienes me quieren destruir". Tengo clara conciencia que en ese tiempo comenzó a mirarme con molestia, y me incluía en el grupo de sus enemigos. Cada vez con más frecuencia repetía: "Mientras el traidor esté a mi lado, sus cómplices no me harán daño y quizás llegue a redimirlo". Cada vez que lo decía caía en un monólogo absurdo que nos dejaba en un silencio difícil a quienes estábamos en la tertulia hasta que finalmente concluía diciendo: "Es mejor que me vaya. Me desgasto demasiado relatando estas cosas" en la casa se pasaba, después, semanas encerrado con la Carrascales. Al principio podía oír el jolgorio detrás de la puerta y cada tanto Ályson salía en paños menores a preparar algún alimento y volvía a desaparecer entre risas tras su puerta. Pero andando el tiempo, así como estas situaciones se hacían más frecuentes, los encierros se iban haciendo mas silenciosos y la Carrascales salía más cargada de ropas más y más oscuras hasta el límite del luto. Finalmente un día cuando llegué a la casa, después de uno de los monólogos de Rubirosa en el barcito de la calle Bilbao, la puerta de su dormitorio estaba abierta, los cajones también, la cama desarmada y no había rastro de él o de la Carrascales. Sólo bastante tiempo después supe que se habían refugiado, llenos de dolor y sentimientos de traición, en la pensión que la viuda del pintor Mauretti había instalado en su antiguo taller. Muchas veces intenté visitarlo ahí, a pesar que sabía que no recibía a nadie salvo a Rommel Miranda. Nunca me recibió. Tampoco supe que hubiera escrito nada. Camille seguía administrando los contratos de publicación de sus obras con mano firme y beneficios decrecientes en la medida que sus obras iban abandonando la moda, de manera que inclu-

so ella vivía bastante restringida. Tampoco a ella la recibía y nunca
más volvió a enviarle algún texto nuevo. Como sea, sus admiradores
más fieles se reunían los jueves a las once de la noche frente a las ventanas del taller de Mauretti donde él se asomaba, envejecido y con
una sonrisa ausente, siempre con la Carrascales sentada en sus rodillas vestida cada vez más estrambótica y con su melena rubia casi
blanca gastada y desordenada. Ella, amorosa, acariciaba su frente y cabeza, ya totalmente calva, y él hacía señas seniles de saludo que parecía no saber a quien las dirigía.

Sin Fin

"Estoy aquí, bajo el castaño" dijo la voz que se oía cansada. Se podía escuchar, a través del fono, otras muchas voces y la algarabía de los pájaros. "Sólo faltas tú, a pesar de todo" agregó. Muchas veces nos habíamos reunido ahí, en ese restorán, los viernes en la mesa de la vereda bajo ese árbol, en la esquina de la sombra. Siempre se nos iba reuniendo gente conocida que pasaba por casualidad. Incluso a veces, cuando ya no había espacio en nuestra mesa, se iban ubicando en las contiguas a escuchar nuestra conversación y a participar, hasta que a veces llegaba a juntarse tanta gente que quedaba en los restoranes vecinos y hasta una o más cuadras de distancia, pero eso era antes. Ahora sólo se habían reunido los de siempre.

Cuando llegué, finalmente, al lugar, Rubirosa había comenzado a hablar sobre el porqué de su estilo diferente y la razón por la que había sido olvidado completamente. Tal como Maladroit, que estuvo presente e intentó detener al impertinente que quiso interrogar a Rubirosa, relató mucho después en sus memorias, cuando Rubirosa hablaba cautivaba a su audiencia de tal manera que siempre se producían multitudes de escuchas cuando lo hacía. Esta vez no fue en modo alguno una excepción. También Maladroit, así como yo mismo me di cuenta a poco oírlo que, tal vez inconscientemente, Rubirosa hacía un recuento de su vida, una confesión de sus errores, y dejaba un último legado a quienes fuimos sus amigos y también, en un esfuerzo de grandeza que nadie le reconoció, a quienes él llegó a considerar sus enemigos. Con tristeza profunda creo ser uno de ellos.

Como sea; fue desarrollando este relato, que va culminando, donde todos sus cercanos nos vimos reflejados en su extraña mirada que casi nunca coincidía con la propia, tal vez por ser nosotros de antes del cuarenta y ocho o de después del cincuenta y cuatro, aunque de todos modos hubo momentos que desconocemos y tampoco quiso relatar como su extrañamiento en Putre y otros que tuvieron que ver con las consecuencias de esa condena.

Por ese tiempo se había dictado la sentencia de primera instancia del juicio sobre el asesinato de Olvido en la que lo declaraban culpable del crimen con uso de fuerza, con ventaja y alevosía cruel, por lo que se lo condenaba a prisión perpetua efectiva. A la vez se lo había declarado cómplice de la muerte del coronel Sepúlveda y autor intelectual. Por este delito lo habían condenado a veinte años de prisión y a pagar una indemnización a los familiares que superaba con mucho las posibilidades de un hombre que visiblemente vivía en una situación precaria, y una reparación al ejército por el daño causado que aún era superior. Sólo la multa a beneficio fiscal era capaz de arruinar a Rubirosa. La defensa, sin embargo, había presentado un recurso de casación en la forma, en tanto cuanto el juez no había considerado todos los argumentos y pruebas de la defensa, además de dilatar o, sencillamente, ignorar casi todas las diligencias solicitadas por ésta; y otro en el fondo que solicitaba la nulidad del juicio desde el momento que el juez había mostrado manifiesta animadversión hacia el acusado no sólo en lo que se refería a la causa, sino también de antiguo era adversario de sus ideas y demostraba sesgo evidente en cuanto a su pensamiento, que juzgaba irremisiblemente partidario de toda violencia. Por estos y otros argumentos de larga enumeración, se solicitaba a la ilustrísima corte que se considerara nulo el juicio y su sentencia, y solicitaba uno nuevo que diera garantía de imparcialidad. Solicitaba también, se declarara tendenciosa la orden de detención emanada del tribunal por orden de la magistrado subrogante América Revolución Ezkarapov Elorza, debido a que su subrogación habría sido sólo una maniobra del titular para ocultar sus prejuicios.

Después de años de dilación la ilustrísima corte ya no tenía antecedentes frescos del proceso ni de lo obrado en él, así como de lo sucedido en los hechos juzgados, por lo que de acuerdo al mérito de lo solicitado debió estudiar a fondo los treinta y seis tomos de más de cuatro mil fojas cada uno, a fin de tener una idea clara del proceso. Tan sólo el estudio de la sala relativo a dichos antecedentes tomó siete largos años y la redacción de la decisión de la corte y el correspondiente voto de minoría requirió otros tres. Finalmente se declaró nulo el juicio y tendenciosa la detención. El procedimiento en base al cual se había obtenido la declaración del inculpado, por su parte, fue considerado censurable y suficiente para determinar la nulidad además de muchos vicios procesales que se estimó voluntarios. Al juez de la causa se le abrió un cuaderno de remoción y se fijó nueva fecha para un juicio en el cual cualquier antecedente previo era considerado inexistente.

"De manera alguna es justa la decisión, aun cuando se ajuste a la letra y al espíritu de la ley" concluyó Rubirosa. La justicia es apenas un procedimiento que se basa en la ley. Ésta tiene las preferencias e inclinaciones que reconocen la clase del acusado y la preferencia social aseguró. "A este hombre inocente lo juzgó ya la sociedad en un acuerdo público que resultó ser una condena perpetua. Un nuevo juicio sólo prolonga y hace intolerable la pena" aseguró. Ese amigo que se encontraba a su diestra le sacudió los hombros para limpiarle la caca de pajarito, entonces, Rubirosa, mirándolo a los ojos le dijo: "Todos arrastran culpas que nadie conoce" y lo apartó sin violencia, luego continuó diciendo que el no negaba las propias. No me parece que esta frase que muchos consideraron una confesión fuera un reconocimiento del crimen de Olvido. No obstante lo cual había muchos que sólo esperaban que fuera culpable. Hubo algunas que incluso habían festejado el crimen cuando fue descubierto y le habían escrito diciendo que al fin hacía algo que valiera la pena al asesinar a la viuda del torturador. Nunca fue claro si quienes opinaron así lo hacían con alguna motivación política, o tenían prejuicios literarios sobre Rubirosa y su obra. El mismo defendió esta segunda opción, considerando que la otra significaría un insulto. Fue en aquel momento que levantó su copa e hizo ese brindis que muchos interpretaron como una despedida definitiva: "Hasta más verte" dijo y se levantó, produciendo un silencio sobrecogedor que llegó hasta la misma ribera del río. Entonces fue que se levantó aquel hombre que lo miró desafiante y lo enfrentó así: "Rubirosa, di: ¿Tú, para quién escribes? y ¿Por qué lo hiciste?". Rubirosa sólo lo abrazó, y luego mirando la íntima rabia escondida en el fondo de los ojos de ese hombre, que lo culpaba y no lo comprendería nunca, le dijo: "¿Aún no lo entiendes?. Sólo escribo para mi. De ese modo serán muchos quienes quieran leerme, aun cuando no digan nada". Y se alejó de ahí.

Ésto fue lo que él mismo nos refirió. Jamás confesó en ese relato ningún crimen y casi no creo que haya cometido ninguno. No tengo otra cosa que declarar, señor juez.

Epílogo

El abogado de Rubirosa logró dilatar eternamente el juicio. Tal vez no tenía ninguna fe en un veredicto definitivo. Sin importar cual fuera la verdad o la culpa, el veredicto social, tal como él mismo lo había dicho, lo había condenado. La pena fue el olvido y la ignorancia. De ese modo fue que Rubirosa, con el tiempo, se asomaba a la ventana del taller de Mauretti sólo con una ilusión que la Carrascales compartió con él durante años y años, sentada en sus rodillas: Que la gente lo recordara. Pero con el tiempo ya no fue capaz de sostenerla y dejó de conversar. Se pasaba el día mirando todos sus sueños perdidos a través del ventanal de luz del taller, mientras la Carrascales esperaba su muerte.

Mucho antes se dio cuenta, ella, que esta vida era peor que la muerte y huyó con Rommel Miranda. Me pasó a dejar una carta de disculpas implorando a Rubirosa que la perdonara. Me dijo que tratara de explicarle y que no lo abandonara. Él ya no podía valerse por sí mismo. Desde entonces vivió conmigo aunque nunca me dirigió la palabra. Sólo alimentaba los pájaros en su ventana y parecía conversar con ellos en medias palabras mezcladas con gorjeos y silbidos. Así fue hasta el día de su muerte. Ese día sólo puso sus manos vacías sobre el alféizar de la ventana y dejó que los zorzales se subieran en ellas y le picotearan las palmas. "No tienen ninguna culpa, ninguna" decía insistentemente. Me acerqué a preguntarle qué pasaba. Me miró con congoja y dijo: "Perdóname. Fue mi culpa". Recién entonces me percaté que un anillo blanquecino le rodeaba el iris de los ojos. Inmediatamente después vi que éstos querían darse vuelta para mirar dentro de sí mismo mientras las pupilas se dilataban: Había muerto.

En su funeral no hubo nadie de aquellas viejas tertulias. Sólo estuvieron Camille y Honoré; ella parecía una vieja duquesa apolillada; su abogado, sorprendido de su muerte tan súbita, que sin condolerse me dijo que el caso, aún no resuelto, sería ahora sobreseído por muerte del imputado y también estuvo la hija de Olvido que lloró sin consuelo cuando finalmente cerraron la ventanilla que permitía ver su rostro cansado y verde, y lo mismo cuando el cajón desapareció bajo la tapa de la tumba. Como no había nadie que la cobijara se desmoronó sobre mi. "Él fue un padre excelente para mi" dijo. "Fue cariñoso y protector". Me confesó que las había mantenido a su madre y a ella cuando ya no recibieron más la pensión de las fuerzas armadas. "Ahora" sollozó, "ésto es lo único que me queda de ellos" y me mostró, en la palma de su mano enorme, una cáscara de caracol marino muy pulida por las arenas y el tiempo infinito del desierto.

Otros títulos del mismo autor:

- **La Sociedad**

  Relato de la historia de dos revoluciones consecutivas, vista desde   un punto de vista no tradicional ni popular.

- **La Revolución en Samarkanda**

  El nuevo descubrimiento y conquista de América visto por un loco revolucionario.

- **Así se muere**

  Colección de cuentos para reflexionar sobre el proceso de morir, sin importar lo que haya más allá.

- **Metropolitano**

  La búsqueda de la identidad y la verdad en algún mundo interior.

- **La extraña muerte de Orlita Olmedo**

  Cuando de un femicidio nace una leyenda o de una leyenda se construye un femicidio.

- **El peor comienzo (de una de detectives)**

  La primera misión de un detective privado es dar una paliza a un hombre infiel, pero termina siendo culpable de asesinato.

- **Ellos son mis amigos**

  Los mejores amigos de un escritor son aquellos otros escritores que se cruzan en su camino para ser leídos.

Ramoneando

Cuentos, relatos, historias, reflexiones y divagaciones para una colección seleccionada por el propio autor de lo mejor de su literatura breve.

Del autor:

Kepa Uriberri nace alrededor del año dos mil para proteger la privacidad del autor, que lo hace el dos de julio de mil novecientos cuarenta y ocho, en Santiago de Chile.

Estudia Ingeniería en la Universidad Católica de Chile y se convierte en empresario en el área de desarrollo de software. De manera concurrente se dedica al arte fotográfico, consiguiendo algunos logros modestos en salones y bienales de arte fotográfico en su país y el extranjero, y presenta varias exposiciones personales.

Hacia finales de la década de los ochenta comienza a escribir como una forma de entretención privada y llega a colaborar con sus producciones literarias en diversas revistas y en medios de internet. Con el tiempo su actividad literaria se va haciendo preponderante entre las otras que realiza y adopta la identidad que hoy lo hace conocido.

Ha ganado dos veces la Beca de Creación Literaria del Consejo Nacional del Libro y la Lectura.

www.ingramcontent.com/pod-product-compliance
Lightning Source LLC
Chambersburg PA
CBHW071415150726
48000CB00001B/328